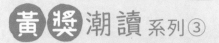

黃獎潮讀 系列③

神話的啟示

著——黃 獎
繪——楊淳淳

神話中的現實人生故事

自小喜歡看神話，最初是因為故事曲折有趣、角色形象深刻，讀起來令人着迷，後來發現每則神話都反映着我們的人生，解釋了生命和大自然的奧秘。從此以後，讀神話不單是一件好玩的事，也是探索人性、宇宙、生死等議題的過程，可說是窺探現實生活的窗口。

很喜歡黃獎的巧妙心思，嘗試把不同地域的神話、傳說連結在一起，像被罰不斷推巨石的西西弗斯和銜石填東海的精衛、偷吃不死藥奔月的嫦娥與透過可怕方式實現願望的猴爪，讓大家既能了解各地的文化、價值觀及創造力，同時尋找當中蘊含的共通特性，充分體會各神話背後所傳達的信息。

當東方神話主張集體、奉獻的道德價值觀，而西方神話強調對自由、個性的追求，你會較支持哪一方？又或是如何從中取得平衡？當神話中的人物遭遇看似超現實，但又體現了真實的人性──心存貪念的嫦娥、孝心救母的目連、狡猾機智的西西弗斯、頑強堅毅的愚公……在他們身上，大家是否看到身邊人、甚至是自己的影子？

除了咀嚼人生智慧、反思內在自我，神話更可轉化為個人的創作資源，為我們帶來無窮無盡的寫作靈感。看到月老牽紅線、丘比特亂箭穿心那一章節，腦海靈光一閃，想到不如來一場東西文化碰撞，寫一個月老與丘比特比試的故事──你們猜猜白鬍長鬚、臉泛紅光的月下老人，能勝過手拿金弓、身背箭囊的頑皮小男孩嗎？

原來透過「悅」讀神話，說不定能「悅」寫出屬於自己的故事，這樣不就是一則活生生的「神話」嗎？

兒童小說及專欄作家　唐希文

神筆馬良與經營之神的啓示

小時候，我讀過「神筆馬良」的故事，男主角馬良是一個窮家小孩，得到了一支神筆，畫甚麼都會成為真實的東西，他憑着這件法寶，救濟窮苦百姓，深受大家愛戴。後來，有一個貪官看中了他的異能，把他關了起來，當然，他馬上就利用神筆逃了出來，但貪官死心不息，繼續追殺他，他最後畫了一個大海，把貪官淹死，為民除害。

我一直以為這是一個古代神話，馬良是歷史人物，這個想法很順理成章。哪知道，這原來是一九五五年，近代兒童文學家洪迅濤，在《新觀察》雜誌上發表的作品；到了一九八〇年，他更獲頒全國少年兒童文藝創作一等獎，絕對是現代人的作品，並非古代的傳說。

現代人為甚麼要創作神話？我忍不住思考，是不是想傳遞甚麼訊息？而並非只有迷信的元素？如果是這樣的話，當普羅大眾都只懂拜神燒香的時候，是否反而令我們只求神靈保佑，忽略了神話的邏輯底蘊？

後來，我知道「天德聖教」以鍾鈞隱士為「經營之神」，我第一個想法，就是越到近代，大家越明白應該經營有道，才會致富，而並非妄求不勞而獲。當我再作深入研究之後，方才發現，中國的傳統財神們本來也是這樣，主要是鼓勵公平經商，並不負責天降橫財，只是世人貪婪，忘記了初心。「經營之神」的精神，和中國的陶朱公、比干、趙公明等「財神」擁有一樣的理念，只不過以「經營」為大前提，就更加旗幟鮮明，清晰地表達出財神的精粹。

經過「神筆馬良」與「經營之神」的啟發，我繼續研究中國傳統神話，和外國神話的分別，發掘出不同的趣味，一定要和大家分享！

香港作家　黃獎

可供人生借鏡的神話故事

在神話故事、民間傳說與文學創作裏最喜歡的是《西遊記》和《白蛇傳》,《西遊記》有電視劇改編和周星馳電影;《白蛇傳》有崑曲、歌仔戲、布袋戲與動畫的呈現,在歷史演變之下,很好奇這些神話故事和想像小說是怎麼傳唱或是保留到現今?

一面了解這些神話故事內容,一面覺得宇宙和人類起源真的很神奇,在故事中也教導我們很多善與惡,在日常生活中該如何學習體悟,以智慧去面對許多困難或誘惑,用更宏觀圓融的角度去看待事情的一體二面。透過其他國家的神話故事做對比,一起融入創作畫面中,更能理解故事教導我們的事。

在故事中告誡我們的事,對人們都是一種改變和前進的方式,在面對任何困境時,能借用神話故事帶給我們的體悟,用更多愛和助人之心、堅強與勇敢,保持初心、不被誘惑所影響的自律方式實行在日常生活中。

透過作者黃獎的解說,以中國神話故事穿插西方神話故事來舉例,在插畫創作時更能穿越時空的想像,一方面很好奇古人創造這些神話的故事背景是否依據真人真事?和如何傳唱與保留故事演變至今?一方面更能體悟許多關於宇宙和神奇力量,教人們面對善惡時如何選擇和不被誘惑,警惕自己別犯相同的錯誤。

很推薦大人小孩們一起閱讀,神話故事裏的天馬行空像魔術一樣,想像畫面,讓我們都可以更融入故事裏的情境;透過問答思考,讓我們與孩子之間有更多對話。

很開心能與香港明報教育出版合作,以繪本創作方式來進入故事中神奇的世界,邊創作邊增長知識,喜歡聽故事的你們,也能透過想像去到達更廣更遠的世界。

台灣插畫家　楊淳淳

楊淳淳自畫像

目 錄

Ⅲ 文學創作

I

遠古傳說

女媧造人

傳說中人的來源

在中國神話傳說中，人類是怎樣出現的呢？在天地初開之時，天上有了日月星辰，地上有了草木山川，也有一個女神叫做女媧，上半身是人，下半身是蛇。她在天地間遊玩，逍遙快活，但日子久了，開始覺得寂寞。

有一次，女媧來到河邊，看到河水中的倒影，她笑的時候，倒影也向她笑；她做一個生氣的樣子，倒影也生氣起來。於是，她開始想，世間有種種鳥獸蟲魚，偏偏沒有一種長得和自己一樣的，不如動手做一些吧！她從河邊挖了一些泥土，依照自己的模樣捏了起來，捏成了一

個個有五官、有四肢的泥娃。這些泥捏的小傢伙，一放到地面上，就馬上活潑亂跑，女媧非常高興，把這些泥娃叫做「人」。

女媧想讓這些人佈滿大地，晝夜不停地用泥土捏人，可是大地太遼闊了，她開始覺得疲累，總不能一個一個地做下去吧？這時，她看到山上長有藤蔓，便折下一根藤枝，沾

上泥漿撒向大地。

　泥漿落地後，就變成一個個
小人，用這個「量產」方
法，沒多久，大地上就佈
滿了「人」。

　不過，用手捏出來的人，和撒在
地上的泥漿，細緻的程度有所不同。女媧親手
捏的，是上等人，大富大貴；泥漿撒出來的，
是下等人，生來貧賤，只能出賣勞力，為
上等人服務。於是，相傳人類的身份地
位有富貴貧賤之分，就是這
樣形成的。

人是如何生成的

說到人類的起源，印度神話也解釋了為甚麼人類會分等級。遠古時代，在大海中誕生了一個千眼千頭千腳的巨人，印度眾神要進行祭典，捉來巨人當作供品，巨人的身體四分五裂，從口中生出僧侶、祭司（婆羅門）；千手生出王族和戰士，都是一些擁有特權的階層；千條腿生出了普羅百姓，社會是靠平民建構起來的；而百姓並不是最低層，還有千隻腳，生出了奴隸。

印度的創世神話，從一位巨人的身體分裂誕生出各個階層的人，這種故事在世界各地都有相似的版本，最富特色的，是印度神話說明了，為甚麼會有身份階級的制度。印度的「種姓制度」把人分為四個等級，比女媧的天生「富人」與「窮人」複雜得多。

中國和印度的神話中，都提到人類有貴賤之分，那麼希臘神話中，人類是從哪裏來的？

諸神之王宙斯（Zeus）命令他的堂兄弟普羅米修斯（Prometheus）去創造人及其他動物，讓他們來崇拜天神。普羅米修斯用的方法，和女媧非常相似，也是以泥土做人，他以天神的形狀創造了人，所以說，人是神的複製品。

普羅米修斯找來弟弟艾比米修斯（Epimetheus）幫忙，造出各種動物。弟弟心急想快點完成工作，於是把所有裝備和能力，都分給了各種動物，例如：馬有馬蹄，善於奔跑；熊有毛皮，不怕寒冷；牛和鹿有角，能夠自衛；各種禽鳥有翅膀，可以飛翔。輪到人類時，所有裝備都用完了，得不到任何特別技能，腳上沒有硬蹄，也沒有武器，指甲連貓爪也不如。這樣的生命體，要在大自然中生存下來，非常不容易。

普羅米修斯看見甚麼都沒有的人類生活艱難，心中不忍，於是把只有天神才能使用的火種偷偷帶到人間，為人類升起了第一簇火焰。人類有了火，就等於夜裏有光明，寒冬有溫暖，也

可以用來抵禦其他猛獸，生活質素提高了。不過，對於這個行為，宙斯非常不滿意，他禁止人類用火，是希望人類活在苦難之中，會更加敬畏神靈，普羅米修斯把火帶給凡人，拉近了人和神之間的距離。

後來，為了肉食祭祀的問題，普羅米修斯再一次為了人類的權益，得罪了宙斯。他殺了一頭牛，分成兩部分，一邊用牛胃覆蓋了牛肉；另一部分是牛骨頭，卻用鮮美的脂肪來覆蓋，然後請宙斯選擇，以決定人類應該用哪一部分來獻祭。牛胃是不能吃的，於是宙斯選了美味的牛脂肪，但牛脂肪底下卻全是牛骨頭。從此以後，人類在祭祀中，就只把牛骨頭獻祭給神，而牛肉則留給自己吃。

普羅米修斯一而再的為了人類開罪諸神之王宙斯，當然難免受到懲罰，捱過了漫長歲月的酷刑。不過，也看得出西方神話之中，沒有太着意人類的階級分別，反而，着眼於人類自身的福利，逐步改善生活條件。

人類應分等級嗎？

〈女媧造人〉的故事，除了交代人類的來源之外，也解釋了為甚麼人類會分等級。在中國古代，除了財產之外，連知識也是世代相傳的，只有士大夫才可以讀書，一般老百姓，不能奢求可以向上發展。正式的科舉制度，是到了南北朝時代才開始萌芽，在唐朝發揚光大。到了那個時代，平民百姓才可以憑學問，去考科舉，打破這種「下等人永遠不能成為上等人」的枷鎖。

這種把人種分階級的想法，在印度更是根深蒂固，階級觀念更加仔細。而且，印度人嚴禁不同階級之間的通婚，奴隸沒法成為平民，平民也不可能變成王族，用這一個神話來說明婆羅門的超然地位，無疑是非常有效的方法。

不過，用現代的觀點來看，人人生來平等，似乎又比較接近希臘神話的思維，值得大家深思。

古籍小知識

〈女媧造人〉的故事，在《山海經》、《楚辭》、《淮南子》皆有記載，而東漢的《風俗通義》比較詳細，故此，後人多引用這個版本。

精衛填海與愚公移山

追求成功的毅力

中國遠古時代，有一位非常偉大的皇帝，叫做炎帝。中國人自稱為「炎黃子孫」，就是追源於炎帝和軒轅黃帝兩位君主的。

炎帝最寵愛的小女兒，名叫女娃。有一次，她想去看看太陽升起的地方究竟是何模樣？所以就駕着一艘小船，往東海駛去。小船駛到海中心，忽然刮起風暴，女娃不幸遇難了。此後數天，海面上飛來了一隻小鳥，一面叫着「精衛、精衛」，一面向大海投下石頭和樹枝。原來「精衛鳥」是女娃的靈魂所變的，她覺得大海太危險了，便不停從山上銜來石頭和樹枝，投入海中，決心要把東海填平，避免再有同樣的悲劇發生。

要填平一個海，根本就是一件沒可能的事嘛！一隻海燕知道了她的心願，不但沒有取笑她，反而覺得非常感動，娶了她為妻，生下了小鳥，他們的後代也延續精衛的精神，銜石填海。相傳，千世萬代，他們一直堅持做着這件事。

陶淵明很尊敬這種鍥而不捨的精神，寫了「精衛銜微木，將以填滄海」兩句詩，讚揚這件事。後世也用「精衛填海」來形容不畏艱辛的決心。

同樣是意志堅定的故事，「愚公移山」的愚公就比較幸運了。愚公家住太行山和王屋山的後面，每次出門都要翻山越嶺，攀過兩座山才能到市鎮，非常不方便。於是，愚公決心帶領子孫，把這兩座山搬走，日繼

日、年復年地開鑿山道，搬走山石。住在河邊的一位智慧長者見到愚公的舉動，笑問他：山如此大，人力如此有限，要搬到甚麼時候才能移平這兩座山？這件事根本沒有可能成功啊。

愚公回答：兩山雖大，但不會增長；相反地，自己有子孫，子孫又會生子孫，只要一代又一代地堅持這件事，早晚也會成功。

愚公移山這件事，傳到「於兒神」的耳朵，別看「於兒神」總是舞動着兩條蛇，蠻嚇人的樣子，他被愚公那種矢志不移的精神所感動，便去求天帝幫忙，天帝也覺得這個凡

人值得幫助，真的派了兩個大力士天神來，把兩座大山移走了，令愚公一家人，可以舒舒服服地生活下去。

「精衛填海」中的精衛和「愚公移山」中的愚公都擁有無比的毅力，感染到身邊的人，令別人樂於幫助他們。當然，愚公比較幸運，有天神的助力；精衛雖然還未成功填海，但她吸引到海燕丈夫，兩夫妻一起努力，這個過程，也是一種幸福！

希臘神話
有相似

推石頭的人

希臘神話中的西西弗斯（Sisyphus），雖然是凡間的王者，也是諸神的朋友，但他開罪了天神，被諸神之王宙斯（Zeus）懲罰，每天都要把一塊巨石推上山，可是，當巨石到達山頂時，便會從山的另一面滾下來。然後，西西弗斯便身不由己地，跑到山的另一邊，把石頭推上山，就這樣重複地、無止境地把那石頭推上山。

西西弗斯號稱是最狡猾聰明的凡人，卻要重複這種徒勞無功的體力勞動，本身就是一件諷刺的事。究竟他犯了甚麼過失，要接受這種懲罰？

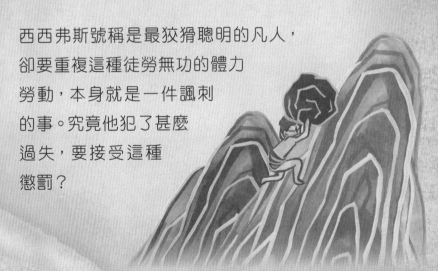

原來，諸神之王宙斯因為貪圖美色，化成雄鷹去拐走了河神的女兒埃癸娜（Aegina），這件事恰巧被西西弗斯發現。西西弗斯趁着這個機會要脅埃癸娜的爸爸。埃癸娜的爸爸是河神，有控制泉水的神力，西西弗斯要求河神要為他的國家提供一個永不枯竭的甘泉，才會將埃癸娜的下落相告。

這樣一來，西西弗斯分明就是出賣了諸神之王宙斯，宙斯當然痛恨這個告密者，便派死神去取他的性命。西西弗斯一向狡猾，看到死神也沒有慌了手腳，反而從容不迫地跟死神聊天。死神從來沒見過這麼冷靜的人，覺得很有趣，便跟他聊了起來。

西西弗斯假裝很羨慕死神的工具，向死神請教神奇手銬的用法，趁死神沒注意，忽然出手，把死神銬了起來，更將他拘留了

好幾年。死神被拘禁，凡人就不能死去，最不滿的，就是戰神了！戰爭中沒有死亡，本來的生死搏鬥，都變成了運動比賽，根本打不成仗。所以，戰神親自去解救死神，再把西西弗斯捉到冥界。

沒想到，西西弗斯再有準備，事前囑咐妻子，不要為他進行任何祭祠葬禮。西西弗斯到了冥界之後，向冥后裝可憐，說要回陽間三天，懲罰不盡責的妻子。

冥后同情他，要他答應三天後必須回地府，便放他回家。結果呢？西西弗斯又繼續過着他的花天酒地生活，別說三天，三年都過去了，還未見他的蹤影。

宙斯得知後，當然大怒，設計了這種永無止境、不斷循環的推石頭懲罰，要西西弗斯受到永恆的折磨。

追求目標的熱誠

在現代社會，「西西弗斯」會被用來諷刺每天做重複沉悶工作的上班族，但大家都忽略了西西弗斯其實罪有應得。他不但開罪了天神，本身也是一個言而無信的無賴。

表面上西西弗斯和精衛或愚公很相似，都是永恆地勞動着，但世人卻不認為精衛與愚公是被懲罰，他們和西西弗斯的分別，主要在於追求目標的熱誠。辛勞的汗水，是為了夢想而流下來的，自己明白每一分力，雖然微弱，但都有當中的價值；而西西弗斯的勞累，並沒有任何可追求的目標，所以是毫無意義的。故此，兩者的行為雖然很相似，但實際上完全不一樣。

我們常常聽人家說：「只要夠誠心，整個宇宙會來成就你。」這句話聽起來，可能有點誇張失實，但我們從另一個角度來看，一個人全心全意去追求夢想，是一件很有感染力的事情。精衛吸引到海燕，兩夫妻一起努力，雖然沒有填海成功，但奮鬥的路途並不孤單；愚公就更加幸運，得到天神的眷顧，說到底，都是因為他們的夢想，令人感動的緣故。

朝着目標去努力，是夢想！沒有方向地勞役，是懲罰！

古籍小知識

《山海經》是一部神話地理志，也被視為山川地志、博物之書，由戰國時代至秦漢時期。當中有許多神話元素，是神話學的經典，寄託了遠古華人的瑰麗幻想。許多耳熟能詳的民間故事，例如〈女媧造人〉、〈羿射九日〉、〈嫦娥奔月〉等等，都是出自這本《山海經》。

華羿射日

中國古代的超級英雄

在遠古的堯帝時代，有六隻怪獸
為禍人間，牠們是龍頭蛇身，
喜歡吃人的「猰貐」；半人半
獸的「鑿齒」；能吞下大象
的蟒蛇「修蛇」；貪吃的巨
型野豬「封豨」；拍動翅膀就會引起狂風的大
鷙鳥「大風」；還有像龍又像蛇、擁有九個頭
的「九嬰」。這六隻怪獸為民間帶來不少災難，
連堯帝也沒辦法，便去找神射手華羿幫忙，這
時候，華羿剛好練成新的箭法，馬上一口答應。

華羿先找到半人半獸的「鑿齒」，對方有一對
鑿子一般的獠牙，用盾和戈來攻擊華羿。一場
決戰，始終是華羿技高一籌，
把鑿齒收拾了。然後，他就去
對付「九嬰」和「大風」，九嬰

是一隻生有九個頭的兇獸，有些頭會噴火，有些會吐出毒水，造成極大災禍。「大風」則是一頭兇惡的大鷙鳥，每當牠拍動巨型翅膀的時候，就會颳起狂風，造成的破壞無可估計。華羿找到這兩隻怪獸的下落，抽出他的神箭，射殺了這兩個大禍害。

任務完成了一半，華羿沒有休息，馬上再去找「修蛇」，那是一條超級大蟒蛇，一口可以吞下幾頭牛，吃了一頭大象，消化三年，才把象骨吐出來。修蛇的皮太堅硬，神箭射不進去，華羿最後拔出大刀，把牠斬開兩截。至於追殺「猰貐」就有點困難了，因為這頭怪獸龍頭蛇身，生有虎爪，走動迅速，不容易射得中。但

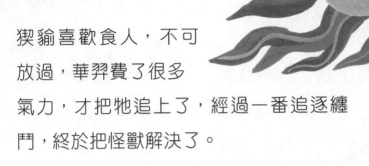

猰貐喜歡食人，不可
放過，華羿費了很多
氣力，才把牠追上了，經過一番追逐纏
鬥，終於把怪獸解決了。

六兇已去其五，最後的「封豕」就好辦了，那
是一頭巨型野豬，把眼見的東西，不論人畜全
部都吃掉。華羿知道這頭大野豬貪吃，所以設
下陷阱，一舉把牠擒獲。華羿除掉了兇獸，就
像現代的超人打怪獸似的，但世界大災難仍未
解決。天上的十個太陽，把地
上的農作物都燒焦
了，這十個太
陽，不單令
百姓沒有

食物，甚至連河水也曬乾了，人類根
本沒有辦法生活！

於是，堯帝又再找華羿幫忙，華羿本來是天
神，轉世到凡間，就是為了救助老百姓。所

以，他馬上跑到山上，彎弓搭
箭，只聽到「颼、颼、颼」，一
連九次風聲，就把九個太陽射了
下來。華羿拔出第十支箭，正想
連最後一個太陽也剷除，這時
候，尾隨而來的堯帝正好趕到，
連忙擺手叫道：「留下一個吧！
否則，大地就陷入永遠的黑暗
了！」

華羿一聽，心想也是道理，便收回了箭，留下
一個太陽在天上，繼續照耀大地。

虛榮帶來的災害

神話往往離不開英雄,希臘神話中,最有名的英雄是海格力斯(Hercules),一生中完成了十二項任務,包括擊殺了巨型獅子和九頭龍、射殺食人鳥、活捉大野豬和噴火瘋牛等等,與中國神話中的華羿非常相似,都是超級英雄。事實上,美國漫威(Marvel)漫畫也把海格力斯帶來現代,就以Hercules的身份,加入了復仇者聯盟(Avengers),經常與北歐神話的雷神(Thor)比賽,又與女浩克(She-Hulk)有過一段戀情。

但海格力斯沒有經歷過拯救地球的任務,是否當時沒有世界性大災難?其實不是,希臘神話中也有一次驚天動地的旱災,與中國的神話故事頗相似。希臘神話的旱災當然和太陽神阿波羅(Apollo)有關,不過,阿波羅當了太陽神這麼多年,每天駕駛他的太陽馬車由東方出發,經驗豐富,怎會出亂子呢?

原來,闖禍的是阿波羅在人間

的兒子費頓（Phaethon）。費頓和凡人
一起生活，他跟同伴們表明自己的高貴
血統，但大家怎樣也不相信他是神的兒子，反過
來嘲笑他。他當然覺得非常委屈了，於是，他跑
到阿波羅神殿，找尋這個從未見過面的老爸，向
他訴苦，要求老爸證明他的尊貴。

阿波羅第一次見到這個兒子，就知道兒子被欺
凌，也着實是心疼了，馬上便為兒子立下一個誓
言，任由兒子要求，只要老爸能力所
及，一定為他辦到。本來嘛，古代
沒有出生證明文件，老爸
就親自跑一趟，來人間
的家長會露一露面，兒
子也該威風八面了吧！
不過，兒子卻妙想天
開，要求老爸借他太陽馬車，讓他駕駛神車，當一
天太陽神。當同伴看見自己天神一樣的姿態在天
空出現，一定個個都嚇得目瞪口呆了！

阿波羅聽到兒子的要求，馬上就

後悔了，天神的馬車，豈是凡人少年可以駕馭的？不過，天神對誓言非常重視，他不可能反悔，惟有千叮萬囑兒子，處處小心，也提醒兒子不要偏離軌道，也不能離地面太近。

費頓一心想要顯威風，亦不知道有甚麼危險等着他，跳上馬車，就騰雲駕霧去了。哪知道，飛行了沒有多久，四匹神馬發現不對勁，回頭一看，坐在駕駛席的，居然是個黃毛小子？神馬可不是凡人可以駕馭的，就開始亂衝亂撞起來，費頓嚇得慌了手腳，連手上的韁繩也掉了，災難馬上出現。

天上的雲都着火了，燒得漫天通紅，森林也變成了火海，有傳說非洲人就是因為這次災難，被烤成了黑色的皮膚！這個災難，馬上就驚動了諸神，宙斯（Zeus）為了阻止禍害蔓延，連忙擲出雷電，把費頓和太陽馬車一同擊落。

阿波羅看着剛剛相認的兒子，就這樣死在他面前，那種哀傷，可以想像得到。

裝備自己、把握機會

有一句老話：「機會是留給有準備的人。」套在這些故事中，很明顯，華羿和海格力斯都受過足夠的訓練，才能把握到出人頭地的機會。

華羿擅長射箭，他似乎只懂得這一招，就索性把這一招練到最好，時機來臨，他就全力發揮所長。海格力斯是宙斯的私生子，所以天生神力，但他不認為單靠力氣就足夠，他拜了半人馬族的凱隆為師，武功、騎術、戰略、談吐、甚至神偷技巧，他都下足了苦功。

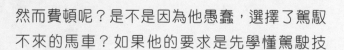

然而費頓呢？是不是因為他愚蠢，選擇了駕馭不來的馬車？如果他的要求是先學懂駕駛技

術，會不會減低了釀成悲劇的機會？再想想，他既然有一個太陽神父親，何不要求學習神的本領，若然他學懂一技之長，又何愁得不到同伴的尊重？

無論有甚麼夢想，先要考慮的，當然是如何裝備自己，令自己可以在合適的時候，發揮所長。我小時候常跟自己說，一對名牌球鞋，又不能令我在賽跑時得到好成績，那又有甚麼值得炫耀的呢？

古籍小知識

《山海經》對遠古兇獸有頗詳細的記錄，也描述了「羿射九日」的故事。《淮南子》則敍述了「羿除六獸」的事蹟。歷史學家認為，《山海經》中的「羿」是華羿（坊間又稱「大羿」），是堯帝時代的大將，嫦娥的丈夫后羿則是夏朝的皇帝。不過，大家懶得考究，每年中秋節又慣了講「嫦娥奔月」的故事，就將兩個同名的人混淆了。

不死刑天與夸父逐日

天神的堅持

根據古書《山海經》的記載，在遠古時代，炎帝曾經是管理天下的主人，後來軒轅黃帝出現了，經過多番戰爭，炎帝打敗仗，退守到南方，管理一個小小的、比較落後的地方；而中原大地，就由軒轅黃帝取代炎帝的地位，來當中原大地的主人。

炎帝有一個忠心耿耿的部下，是一個叫做「刑天」的巨人，武功高強，心中不服氣，便偷偷帶着武器，跑去軒轅黃帝的宮殿，要求一對一決戰。軒轅黃帝毫不示弱，拔出寶劍，就和刑天搏鬥起來。兩人的戰況非常激烈，刑天雖然力大無窮，但軒轅黃帝經驗老到，對戰久了，黃帝就慢慢摸清了對手的招式和破綻。最後，黃帝把握機會，一劍劈向刑天的脖子，刑天那顆山丘一樣大的頭顱，便從頸

上滾了下來，跌落在常羊山旁邊。

黃帝知道刑天法力高強，不會這樣輕易死去，連忙把常羊山劈成兩半，然後捧起刑天的頭顱擠到山中間的裂縫，當兩山合回在一起之後，這個頭顱就深埋山中，永遠不見天日！

刑天雖然失去了腦袋，但他的鬥志絲毫沒有動搖，他把兩個乳頭變成了眼睛，又將肚臍變成嘴巴，在南方的荒野之地定居下來。一方面把黃帝的侵略行為告訴後人，一方面舞動他的武器干戚，繼續勤練武功。

所以，後人一直都佩服他永不放棄的鬥志，無論遇到任何逆境，都依然保存心中的一團火！後來的著名詩人陶淵明，寫了「刑天舞干戚，

猛志固常在」兩句詩，正是歌頌他的
這種情操！

除了刑天之外，《山海經》還有另一
個巨人，叫做夸父。夸父是炎帝的後代，曾經
和黃帝的部下打過仗，他與其他力大無窮的巨
人族羣住在深山中。

夸父長得高大強壯，經常帶着族人與狂獸打
鬥，保護其他族人。有一年，發生了大旱災，
火熱的太陽把地上的農作物都燒光了，族人失
去食糧，無法生存。夸父看到這情景，非常難
過，於是他決定追趕太陽，想把太陽捉下來聽
命於人。

即使族人紛紛勸告，太陽很遠無法追
得上，也有人勸他，太陽很熱，會被
燒死，但夸父已下定了決
心。由東海起步，一心

要追上太陽。太陽哪是那麼容易被追上的？太陽高掛在空中，一直在夸父頭頂上，不相上下。經歷了九日九夜，直至跑到太陽落山的地方，夸父終於追上太陽，但這時夸父又累又渴，無法承受太陽的萬頓熱力，於是跑到黃河邊，把黃河喝乾了，仍然不能解渴，他再去渭河，把渭河的水也喝盡了，還是覺得口渴，怎麼辦呢？他想到北邊的大澤水源應該足夠，可惜大澤太遠了，他還未去到，就在路上渴死了。臨死的時候，夸父仍記掛着要幫族人捉拿太陽的事，於是他把手杖拋在路邊，這手杖馬上就長出樹來，轉眼變成一遍茂密的樹林！這片樹林長年茂盛並結出豐富果實，為世世代代路經此地的人遮蔭解渴。

這就是著名的「夸父逐日」的故事，有人笑夸父不自量力，所以，「夸父逐日」這個成語也就成為不自量力的同義詞。不過，也有人欣賞夸父追求夢想的勇氣，保衛族人的熱誠。

印度神話有相似

阿修羅自大的致命傷

在印度的遠古神話中，曾經有一段時期，眾神打了無數場大戰，非常慘烈！全都因為天神族和阿修羅族之間的仇怨。

阿修羅通常以面目猙獰的魔神面目出現，單看外表，就覺得他們並非善類，不過，阿修羅族和天神族都是大梵天的兒子。在印度神話之中，大梵天是諸神之王，統領眾生，他和其中一個妻子生了天神族，又和另一個妻子生了阿修羅族。

開始的時候，兩族一起管治天、地、

人三界，享用凡人送來的祭品，生活愜
意。不過，驕縱的日子過得久了，凡人對
他們的崇拜逐漸疏懶，他們的管治威信也有所下
降。經過商討，兩族人決定共同煉製長生甘露，
以不死的生命來鞏固他們的力量。最後，甘露煉
成了，但天神們卻不打算和阿修羅平分成果。天
神族不但私吞了所有甘露，還把阿修羅族趕出天
界。這就是印度神話中，著名的「甘露爭霸戰」。

天神與阿修羅的仇恨，就這樣開始了，阿修羅族
當然想重回天界，取回本來屬於他們的權力與
地位。他們總共發動了十二次大型戰爭，死傷枕
藉，但始終都無法成功。

後來，阿修羅族出了一個英雄，叫做多羅迦，立誓
要攻打天界，自幼苦修，在冰天雪地裏捱凍，在火
堆上烤炙自己，他相信通過肉身的痛苦，可以獲
得無人能及的力量。多羅迦的苦練，感動了大梵
天，所以，大梵天破例賜力量給他。多羅迦希望得
到永生，可以享受永遠的勝利，大梵天說：「我
不能給你永遠的生命，但我可以讓你選
擇在怎樣的情況之下死亡。」多

羅迦說：「我希望被一個出生只有七日的孩子殺死。」他大概認為，一個嬰兒沒可能殺死他，那麼，他就可以一直生存下去了。

於是，憑着大梵天賜予的力量，多羅迦帶領阿修羅族，一直打回天界，終於把天神趕走了，而阿修羅就成為了天界的新主人。天神們只好又向大梵天求助，大梵天告訴他們，多羅迦注定要死在只有七日大的孩子手上。怎麼辦呢？天神們去找破壞之神濕婆，希望濕婆可以生一個孩子，幫天神對付多羅迦。大家苦苦等了幾百年，濕婆終於誕下一個兒子，那就是後來著名的「鬥神」室建陀。眾神紛紛送他各種武器，賜他不同力量，而室建陀也在出生第四日，就長大成人，精通武藝和法術。然後，他騎着孔雀，帶領眾神，去找多羅迦決鬥。

決戰的初期，依然是多羅迦力量強橫，一個又一個天神敗陣，最後，剩下室建陀一個天神獨自和他對戰。不過，這個時候的多羅迦亦開始疲倦，力量減退，結果被室建陀砍下頭顱。

追尋夢想的決心

在遠古時代的神話故事中，往往看到與太陽、月亮或是與其他大自然有關的神話，是因為當時古人對於大自然的一切現象仍未有全面的認識，神話傳說是他們對於大自然的想像，希望以人之力征服大自然。

我們自稱為「炎黃子孫」，追認炎帝與黃帝這兩位遠古先祖。但原來炎帝和黃帝是敵人，黃帝更把炎帝趕走了，佔據了中原這片大地！循這個角度去看，刑天去挑戰黃帝，是為了對自己的主人盡忠，這是他分內之事，理所當然。打輸了仗，依然保持鬥志，也是令人佩服的地方。當然，亦有人覺得他不識時務，要是他投降給黃帝，或隨炎帝一起逃跑，都不用輸掉頭顱。

夸父為了族人的生存，決心追逐太陽，同樣也被人取笑不自量力。唐代大文豪柳宗元，寫過一首關於夸父的詩，以這樣的兩句開始：「君不見夸父逐日窺虞淵，跳踉北海超崑崙。」描寫夸父的雄姿，有超越一切障礙的氣慨！然後，他又寫北方有一些小矮人，只有九寸高，「啾啾飲食滴與粒，生死亦足終天年。」即是只需要吃小量的食物，就滿足了，他們根本不會明白夸父的偉大，甚至會嘲笑夸父的失敗。其實，小矮人只是不了解自己的渺小，也不懂欣賞別人追求夢想的情懷。

那麼，甚麼是夢想？夢想本身，就不是一種唾手可得的事情。追求夢想，往往帶有一種「不一定可以實現」的覺悟，舉一個例，每天準時上班，努力工作，月底可以得到薪金是正常的成果，並不能稱為夢想。刑天想復國，夸父追太陽，難道他們不知道有危險嗎？他們明知是冒險的行為，但不甘心放棄去試一試的機會。

用一句現代人的說話來形容，就是「享受過程，保持盼望」。

至於印度的阿修羅族，他和刑天一樣，都有不討好的形象，卻有值得欣賞的決心，不能因為他們的外表，就認為他們是惡魔。阿修羅族和炎帝一樣，都是戰敗的一方，但在敗局中能夠保持鬥志，才是故事的重點，只不過，阿修羅稍為幸運一點，在中途有幾百年反敗為勝，也算是不枉一番奮鬥。

古籍小知識

關於刑天的紀錄，最早在《山海經·海外西經》中出現。宋代的《太平御覽》，又提到刑天衍生了一個部族，在玉門關外三萬里的地方居住。到了清代，袁枚寫了一本《子不語》，當中提到「刑天國」，在一個海島之上，有千多個島民，都是沒有頭的人種。這樣看來，大家對刑天這個巨人有無限的幻想。

至於夸父，在《山海經》的記載就更加多了。這段追太陽，最後渴死的情節，來自《山海經·海外北經》的章節；不過，在《大荒北經》中，卻有說夸父是被應龍殺死的。

嫦娥奔月

不死藥的副作用

關於中秋節的神話傳說，大家最熟悉的相信是「嫦娥奔月」，其實，嫦娥是否在農曆八月十五這天飛到月亮上？故事中從來沒有記載，只是由於這個故事跟月亮有關，大家在賞月時，自然會想起這個故事。

嫦娥是夏朝皇帝后羿的妻子，后羿是真實的歷史人物，相傳，他本來是天神，但在天界犯了錯，所以被貶到凡間，經歷人世的生老病死。后羿擔心自己終究會死去，於是，千辛萬苦地登上崑崙山，從西王母那兒求來了「不死藥」。

后羿帶着不死藥，興高采烈地回到家中，把好消息和妻子嫦娥分享，並相約選好日子，一齊服用靈藥。沒想到，嫦娥受不住誘惑，趁后羿去了打獵，偷偷地把「不死藥」吃了。突然，嫦娥覺得身子變輕了，雙腳慢慢離開地面，飄

了起來，一直飄
到月亮上面去。

后羿回家後，發現愛妻不見了，侍女們告訴
他看見嫦娥飛上了天，后羿馬上明白了，只
能向着月亮悲呼愛妻的名字。嫦娥呢？一個
人孤伶伶地在月亮生活，很寂寞，淒冷孤清
地度過無盡的歲月，只怨夢想不似預期，只
可惜，一切都回不去了。

唐朝詩人李商隱，為了這件事寫了兩句詩：
「嫦娥應悔偷靈藥，碧海青天夜夜心。」後來，
有些文人大概也可憐嫦娥飽受寂寞的煎熬，
便在故事中加入一隻白兔，與她作伴，也算
是聊勝於無。

實現願望的猴爪

一九〇二年的英國經典文學《猴爪》（*The Monkey's Paw*）也有相似的故事。故事的主角是懷特（White）一家三口，老懷特先生的舊友莫理斯（Morris）從印度回來，帶來了一隻乾癟的猴爪，聲稱猴爪附有魔法，能夠實現主人三個願望。莫理斯走後，懷特一家半開玩笑地討論要許甚麼願望。老懷特先生想不到要許甚麼願，因為他很滿足眼前的生活，小懷特卻說，房貸尚欠二百英鎊，不如就許願要二百英鎊吧！

過了兩天，小懷特的同事突然造訪懷特夫婦，原來小懷特在工廠遇上意外，死了。工廠為此準備好了賠償金，數目正是二百英鎊！懷特夫婦大感傷痛，也懷疑兒子的死亡，和猴爪許願有關。

一星期後，懷特太太突然想起，可以許願讓兒子復生，懷特先生向猴爪許下了願望。過了一會，在黑夜之中，大門傳來了一連串粗暴的敲門聲。懷特太太興奮地要去開門，但這時候，懷特先生卻害怕起來，覺得兒子會變成怪物，叫太太不要放它進來，兩人糾纏起來。

最後，懷特太太掙脫了丈夫的阻攔，衝去開門；危急之際，老懷特找到猴爪，並許下第三個願望。正在這個時候，懷特太太剛好把門打開，門外卻沒有人。故事在這兒完結，作者暗示第二個願望，讓小懷特真的變了怪物，而在最後關頭，老懷特用了第三個願望，去取消第二個願望，解除危機。

沒有免費的午餐

我們會指責嫦娥自私和貪心，偷竊本身已經是一種罪行。而我想討論的，是嫦娥犯案的心境，她追求長生不死，卻沒有嘗試去了解這個夢想到底是甚麼，只是人人都說是好東西，她也跟着大家去追求。究竟這個「目的地」是否適合自己呢？她根本沒有去想清楚。

從另一個角度看，嫦娥為了不死，付出了永遠的寂寞作為代價，她在事前有想過嗎？如果知道長生的代價是寂寞，她還會作出這個決定嗎？

懷特一家人的遭遇，和嫦娥的故事相似的地方，就是他們都輕率地許下願望，「不死」和「錢」，都是大部分人追求的東西，不過，他們同樣沒有考慮清楚，究竟要付出怎樣的代價。當然，我們看慣了「阿拉丁神燈」的故事，總以為許一個願望非常容易，但世界上真正免費的東西，除了陽光和空氣之外，往往需要付出不能預計的代價。

古籍小知識

「嫦娥奔月」的故事記載於《山海經》中，古書中的「嫦娥」本為「恒娥」，到了漢代，為了避忌漢文帝的諱，才改名為嫦娥。那麼，為何要用「嫦」這個字呢？原來，在《山海經》另有一位月神「常羲」，生了十二個月亮，每個月亮輪流照亮晚空，故此，在這個「常」加一個女字邊，就成為了嫦娥。

《猴爪》故事亦啟發了很多後來的創作，二〇二〇年的電影《神奇女俠1984》，亦以這個概念為創作主題。

各自有目標

西西弗斯

愚公

華羿

夸父

以上四位人物，看似各有各自的努力目標，
你能將他們配對起來嗎？
當中有一位的勞動其實是沒有真正的目標，
你能指出來嗎？並說說為甚麼？

為了族人的生存，決定追趕太陽捉它下來聽命於人。

把石頭推上山頂。

為了日後出行方便，帶領子孫一砂一石搬走門前的大山。

射下九個太陽，解決旱災，保障人民的生活安穩。

Ⅱ

民間流傳

門神大將軍

家宅平安的保護神

農曆新年的時候，中國傳統有貼揮春、接財神，在門上貼門神的習俗。門神通常都是兩位手持兵器，威武霸氣的將軍。據說，貼了這兩位門神，可保家宅平安，究竟他們有甚麼來歷？

這兩位門神是唐朝開國皇帝唐太宗的兩位猛將，秦瓊和尉遲恭。在《西遊記》故事中，涇河有一位龍王，為了與算命先生打賭，犯了天條，被玉皇大帝下令斬首。誰來監斬呢？原來是人間的丞相。性命攸關，涇河龍王前來找唐太宗救命，他想：「丞相的老闆就是皇帝，必定有辦法救我。」唐太宗也真的想救他，所以，就在行刑的時候，約丞相來下棋，讓他無法去執行龍王的死刑。然而，高手下棋的節奏非常慢，丞相在等待唐太宗走下一步棋時睡着了，而且靈魂竟然獨自

出走，到刑場執行了龍王斬首！

涇河龍王的冤魂因而對唐太宗產生怨恨，惱他不守信用，夜裏就來嚎哭叫罵，嚇得唐太宗夜夜提心吊膽，夜不成眠。秦瓊和尉遲恭知道了，就自動披上戰袍，每晚守在皇上房門前，自此之後，涇河龍王果然就沒有再來吵鬧了。

後來，唐太宗不忍心讓兩位將軍這麼辛勞，便請來畫師畫下他倆手執武器的威武形象，懸掛在睡房門前，成為了門

神。此舉傳到民間，大家爭相仿效，認為有驅除鬼魅的功用。

如果家有兩扇大門，貼左右門神，當然妥當，如果只有一扇門，又應該怎樣做呢？那就要說到鍾馗了。鍾馗也是唐朝人，文武全才，但長相卻非常兇惡，令人一看就害怕。相傳鍾馗赴京考試，當主考官看到他的文章時大感佩服，選他成為狀元。不過，當皇帝接見這位狀元時，被他醜惡的長相嚇壞，覺得大唐狀元不能是這種長相的，於是聽信宰相之言廢了鍾馗的狀元，另選別人。

鍾馗聽到後大為憤怒，想捉住進言

的宰相，但受到侍衛制止，他一時衝動，拔出
侍衛的劍自殺而死。皇帝一看非常後悔，因為
自己的偏見害死了一位人材，於是仍追封鍾馗
為狀元，並下令厚葬。這件事，連玉皇大帝知
道後也對鍾馗的不公平遭遇深感同情，於是安
排鍾馗在地府捉拿違規的鬼怪，法力無窮。

相傳在唐玄宗時期，有一晚，
唐玄宗身體不適，到寺廟參拜
後，在廟裏的小房間休息，睡
夢中出現一隻小鬼，偷了唐
玄宗的東西，唐玄宗嚇得無
處躲藏。這時鍾馗身披紅袍，
威武登場，一口便把小鬼吞了，接着向唐玄宗
表明了身份。唐玄宗醒來後，嚇得一身冷汗，
馬上派人畫出鍾馗的畫像，貼在門上。有了皇
帝的加持推廣，老百姓都知道鍾馗是王牌天

師，擅長斬妖除魔，紛紛將他奉為門神，家家
戶戶都模仿唐玄宗的做法，把鍾馗像貼在大門
上，保佑平安！

所以，通常在兩扇門的
大宅，會貼秦瓊和尉
遲恭，兩位門神互相對
望，守護家園。在單扇
門的屋子，就貼門神鍾
馗。除了門神之外，中
國人還有灶君管廚房、
土地公管家宅、廁神紫
姑等等，各有各的功能。大家又可能會問，為
甚麼廁所要有神靈保佑？紫姑保佑些甚麼？原
來，紫姑本來是大戶人家的小妾，被正室在廁
坑冤殺，天帝可憐她，便讓她為神，她的重點任
務，就是保佑婆媳關係，令一家人和諧相處。

韓國神話
有相似

韓國家神成造罈的守護

中國的神仙分工精細，韓國的家神一樣是以目標為本，分門別類，各司其職。韓國與中國相似，主要也是受到佛教、道教的影響，在家中也會供奉各種神祇以保佑家宅平安。韓國家神最中心的人物是「成造神」，和香港的地主土地公的概念很相似。

韓國鄉下有一個傳統，建新屋時會拿一個罈子，裝白米以供奉成造神。成造神就會住進這個「成造罈」內，每當搬新家的時候，主人就會把罈內的白米吃掉，再把罈埋在深山中，完成送神儀式。成造神主要是守護家庭建築物，本來是從天而降的神明，傳說中，他為人間帶來伐木造屋的方法，所以是屋子的祖師爺。據說，如果這

個罈子破了，成造神就會離開，這個家就沒有了成造神的保佑。

除此之外，韓國的家臣還有灶神、廁神、醬缸神等等，每一個神都有一項獨特的服務範疇。韓國人喜歡吃泡菜，以往的泡菜都是用一個大醬缸自家製，故此醬缸也有神明保佑，他們說：「假如醬缸裏的醬壞了，就表示，這個家即將家運衰落。」原因是醬缸神離開了醬缸，家中沒有了神祇保佑，裏面的醬才會變壞。

中國神明的實際作用

幫助唐太宗打江山的名臣猛將多不勝數，最出名的，有「凌煙閣二十四功臣」，秦瓊和尉遲恭雖然榜上有名，但論功勞成績，他倆不算是最高，怎麼就是他倆的人氣最高？再說鍾馗，唐朝的狀元多的是，當中不乏一代名臣，但就只有鍾馗成了神。

這三位門神，最大的特點，就是他們多了一些實際功能。大家以為，替皇帝看守房門，不算甚麼大功勞，但對普羅老百姓來說，這一份守護是很實在的需求。其

他名臣猛將，立下多少功勞，當然早就被皇上獎賞了，但百姓未必感受到有甚麼裨益，結果，只

成為歷史書裏面的名字。

這種「功能性的家神」，在亞洲地區非常普遍，以中國和韓國為例，可謂無微不至。這種情況，在西方神話則比較少見，希臘神話中，雖然一樣有多不勝數的神祇，通常都是管轄愛情、戰爭、文化等等，講究貼地功用的，則只有酒神和財神，西方的神，似乎就沒有那麼充滿生活感。

生活中每一項小事都依賴神明保佑，會不會太消極？我們可以試試倒過來想，當他們對生命中每一件小事都費盡心思，也代表他們尊重每一項細節，不肯苟且馬虎。

古籍小知識

《隋唐演義》是清初褚人獲的作品，與明朝的《西遊記》都有對門神的描述。其實，在這兩部作品之前，門神的習俗已經流傳了很久，只不過，有了這兩部作品，其他的門神人物，例如神荼、鬱壘等，就逐漸被淡忘，集中用了秦瓊、尉遲恭和鍾馗。

財神趙公明

拜財神就能得到財富嗎？

做生意的人，每年農曆年
初五時啟市前，都會祭拜
財神，保佑生意興隆，
交易順利。中國民間傳說
中，這位掌管財源的神明，名叫趙公明，原來
出身貧寒，年青時很勤勞地為木材商人打工，
技藝精湛而且仗義勇為，老闆十分賞識。老闆
儘量讓他多賺一點錢，也提攜他開設了自己的
木材生意，由於他誠實守信，心胸廣大，大家
都樂意和他往來做生意，所以，他逐漸富有起
來了。

由於趙公明出身貧苦，很了解低下階層的痛
苦，所以他做了很多扶貧助困的善事，後來修
練道術，很快積累了過人的道行。在《封神演
義》中的趙公明被封為「金龍如意正——龍虎

玄壇真君」。本來是掌管瘟疫的瘟神，不過，在農業社會，管理好瘟疫，就等於管理好財富，於是，百姓們逐漸讓他兼職財神；再過了些時日，甚至請他當起「正財神」。

原本在供奉趙公明財神的廟裏還有一位財神娘娘，是趙公明的妻子，一同受供奉，但怎麼現在卻沒有了？有一次，一個乞丐來到財神廟，求財神爺保佑他發財。趙公明一看，身體健康的壯年，不去好好工作，卻只想着財神爺天降橫財，於是便沒有

理他，自顧自打起瞌睡來。旁邊的
財神娘娘，看到乞丐不停地磕
頭，覺得他可憐，便想推醒
睡着了的丈夫，施捨一下這個可憐人。財神爺
張開眼望了一望，依舊沒有甚麼表示，轉一個
身，又繼續睡覺了。

財神娘娘沒有辦法，自己又沒有權動用神力，
只好取下自己的耳環，送給那個乞丐。一對金
耳環忽然在乞丐面前出現，他知道是神的賞
賜，大喜莫名，更是着力地磕頭謝恩。這下子
驚醒了財神爺，他發現財神娘娘居然漠視
他的決定，非常憤怒，於是把財神娘
娘休掉，趕出財神廟！

從此，財神廟就不再供奉財神娘娘了。

被蒙着眼的財富之神

中國人喜歡拜財神，在西方神話中，同樣有「財神」這個角色，其中一位是掌管地下世界的冥王黑帝斯（Hades）。由於地下世界的一切東西都屬於黑帝斯，包括所有寶藏和資源，故此他也是財富之神。而另一個「財神」則是谷物女神黛美特（Demeter）和英雄伊阿西翁（Iasion）的兒子普路托斯（Plutus）。普路托斯原本也是掌管作物豐收的神，古時作物豐收就表示擁有財富，於是普路托斯後來也成為財富之神。

負責財富派發的普路托斯通常以小孩的形象被後人記載。由於諸神之王宙斯（Zeus）怕他派發財富時偏幫窮人，所以遮蓋了他的雙眼，令他派發財富時，可以做到一

視同仁。另外，他又跛了一腳，行動不方便，派發財富的時候也相對緩慢。不過，他長了一雙翅膀，每次派發財富之後，就馬上飛走，也許，賺錢也是這個邏輯，賺來的時候慢，花出去的時候就快了。

有一回，普路托斯的眼睛重見光明了，看到了眾生相，心中起了愛惡和偏差，由於同情窮人生活艱苦，把財富給了窮人，結果，大家都不願意再工作了。凡間社會的秩序也被搞亂了，為眾神帶來諸多不便。

財神不保佑天降橫財

在希臘神話的概念中，財富的分配有一套標準，財神只是負責執行，不能憑自己的喜好去改變。普路托斯的工作，只是按規矩辦事，凡人去求他賞賜財富，根本沒有用，怪不得希臘人有這麼多神殿，就缺了普路托斯這個招牌。

中國財神呢？大家看見財神趙公明不肯保佑窮苦大眾，老百姓就有一種說法：貧者越貧，富者越富。是這樣的嗎？財神不是應該救濟窮人嗎？富人不愁衣食，為甚麼還要得到財神的眷顧？原來，財神只保佑公平買賣，不鼓勵不勞而獲。這麼看來，希臘神話和中國神話的財神，都是一樣的想法，凡人去求他賜予財富，其實是錯了重點，神靈也希望人類腳踏實地，自然可以得到合理的回報。

不過，世人總希望不勞而獲，天降橫財，我們過年常說「恭喜發財」，不會祝大家「勤勤力力」；揮春寫「橫財就手」，從來不會寫「發奮圖強」，似乎都誤解了財神爺的本意。趁這個機會，我和大家分享幾副有趣的財神對聯：

站着總來燒香化紙，卿定沒有他意。
跪下就要賜金給銀，我又不是你爹！

我只有幾文錢，女也求，男也求，給誰是好？
你不足半點事，朝亦拜，夕亦拜，讓人為難。

你四萬萬人不事生產，都來求財，打算要幾塊銅板？
我百千千劫歷經修煉，只在靜思，計較這兩枚紙錢？

總而言之，財神對聯思路一致，都是鼓勵大家腳踏實
地，賺取合理的報酬，他來保佑大家公平交易；千萬
別妄想不勞而獲，天降橫財。

古籍小知識

南北朝時期的《搜神記》已記載了趙公明的事跡，不過，
主要是作為「瘟神」的職能。到了元朝的《三教搜神大
全》，他開始接管「公平買賣求財」，只要是公平之事，都
可以向他禱告。由於明朝小說《封神演義》之中，他有騎
老虎的威武形象，所以，也稱為武財神。

另外，商朝的忠臣比干，以廉潔見稱；春秋末期的范蠡，
精通營商之道，被民間奉為文財神。廣受歡迎的關公，也
有武財神的稱號，大概是由於行軍佈陣，必須計算兵力糧
草。佛家也有財神爺，不少善信供奉布袋和尚，認為他笑
容滿面，和氣可以生財，有加強財運的效果。

月老牽紅線

千里姻緣一線牽

　　唐朝有一個書生韋固，住在宋城縣。十七歲那年，他在客棧門外，遇見一位老人家，很專心地在月光下看書。韋固好奇，上前問他在看些甚麼，老人家回答說：「我在核對天下的姻緣簿。」韋固看見老人家身邊有一大袋紅色繩子，好奇地問他這麼多紅繩有甚麼用途。老人家說：「我把這些紅繩綁在夫妻的腳上，縱使他們是仇家，又或者相隔千

里，也能把有緣的男女繫
在一起。」

韋固談了幾次婚事，都沒有成功，連忙問老人
家：誰將會是自己未來的妻子？老人家揭了揭
姻緣簿告訴他：「你的妻子，就是這個客棧北
邊，賣菜瞎眼婦人的女兒。」

韋固大喜，翌日就去偷看未來妻子，哪知道，
那女孩還是一個嬰兒，不由得大怒：等這女娃
長大，我豈不是已經老了？韋固覺得被老人
家玩弄了，越想越氣憤，居然暗中找人去刺殺
女嬰，幸好沒有成功，只是刺傷了她的眉心。
後來韋固也覺得自己做錯了，一方面慶幸壞事

沒有成功，另一方面，也無顏面留在宋城縣，連夜逃走了。

韋固後來去了軍隊中當軍師，立了不少功勞，但不知是何緣故，始終找不到合適的伴侶。十多年後，相州刺史很欣賞他，把自己的女兒嫁給他，新娘子十六歲，長得清麗脫俗，韋固自然非常喜歡。

韋固發現妻子總喜歡在眉心之上，貼一塊小小的貼花，妻子告訴他：「我的親生父親早就死了，刺史其實是我的叔叔，父親死的時候，我還是個嬰兒，由奶媽賣菜養大。有一天，菜檔

來了一個壞人，無端把我刺傷，留下了這道傷疤，所以用貼花遮掩。」

韋固這才發現妻子正是十多年前，月下老人家所說，「客棧北邊，賣菜瞎眼婦人的女兒」，不禁慨歎天意不可違，當年的女嬰，果然是自己命中註定的妻子。宋城縣令聽說了這個故事，就將韋固住過的客棧起名為「定婚店」。大家亦開始把掌管姻緣的老人，稱為月下老人，也就是「月老」。

中國很多廟宇裏面都有月老殿，供奉的就是為凡人牽紅線的月下老人。月老殿中通常都有這副對聯：「願天下有情人，都成了眷侶；是前生註定事，莫錯過姻緣。」

丘比特的亂箭穿心

在希臘神話中，掌管愛情的，是愛與美女神阿芙蘿黛蒂（Aphrodite，羅馬神話中的維納斯女神）與戰神阿瑞斯（Ares）的兒子艾洛斯（Eros），也即是羅馬神話中的丘比特（Cupid）。丘比特是一個長了翅膀，永遠長不大的頑皮孩子，手上有金箭和鉛箭，被金箭射中的人會發生愛情，即使是仇人也會成為佳偶；相反，中了鉛箭的話，就會憎恨眼前人，無論日後發生甚麼事，也無法培養出感情。

在希臘眾神之中，太陽神阿波羅（Apollo）也是神箭手，他曾經用箭射殺母親的敵人，大蟒蛇皮同，並在皮同的根據地建立自己的神殿，因此，他對自己的箭法非常

自豪。他看到丘比特也用弓箭，便忍不住取笑他，說他是一個學大人射箭的小鬼，又說：「我的箭能夠射殺大蛇，你的箭能做甚麼？」

丘比特不服氣，他拿出金箭，射向阿波羅，令這位太陽神馬上陷入愛情，這時河神的女兒達芙妮（Daphne）經過，丘比特向她射一支鉛箭，令達芙妮討厭愛情。這時阿波羅看到了達芙妮，深深愛上她，但中了鉛箭的達芙妮則非常排斥阿波羅。這一來，任你太陽神阿波羅是希臘十二主神之一，地位崇高，也一樣逃不過失戀的痛苦。最後，達芙妮擺脫不了阿波羅的苦苦追求，只好請求父親河神幫忙，達芙妮在阿波羅追上自己的一刻變成了一棵月桂樹。

阿波羅非常傷心，為了紀念達芙妮，他以月桂樹作為自己的聖樹，以月桂枝條編成的桂冠作為勝利者的頭環，並以戴桂冠的樣子作為自己的形象。

丘比特兼得愛神和戰神的特性，除了愛情之外，也有一些侵略性的特質。丘比特也喜歡蒙着眼亂射一通，令凡人經常為愛情而煩惱，怪不得有「愛情是盲目的」這說法。

緣份不能被控制

的確，不論古今，婚姻都是人生大事，在中國古代，更相信姻緣是由上天註定的，由媒人撮合，講求門當戶對，由自己去選擇配偶的事情並不常見，究其原因，古代女性足不出戶，社交圈子狹窄，但又普遍早婚（二十歲前就嫁人了），所以，主觀希望有神仙來安排，不用自己操心。至於男性方面，在古代三妻四妾的制度之下，選錯了還有別的機會，更能安心地讓神仙來替自己選妻妾。

在西方社會，卻早已習慣了自由戀愛，不過，也不見得可以掌握自己的愛情運，認為愛情是掌握在神靈手上，不受自己控制。甚至幻想神靈是蒙着眼來安排愛情的，對於一切姻緣錯配的責任，全部用一句「愛情盲目」來推卸責任。

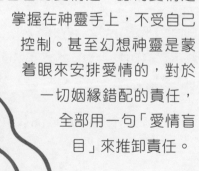

表面上看起來，中國用老人家月老來掌管婚姻，希臘以蒙眼小孩丘比特來控制愛情，似乎是穩重和衝動的兩個極端，不過，看深一層，兩方文化都有同一種想法，認定姻緣不是自己控制得來的，只好祈禱，希望有情人終成眷屬！還好，現在的社會並不流行早婚，大家可以花多一些時間，來了解自己，知道自己需要怎樣的伴侶，不用在熱戀的時候，太快妄下定論！

黃獎 講故

古籍小知識

月老的來歷，最早出現於唐代李復言的《續玄怪錄》中〈定婚店〉的故事裏面，是唐代傳奇的經典，後世的創作，主要以此為藍本。

目連救母

善惡與報應

每年農曆七月十四就是「盂蘭節」，俗稱「鬼節」的背後，其實是一個孝順父母的故事，叫做「目連救母」。「目連」的全名是「目建連尊者」，是如來佛祖的徒弟，號稱「神通第一」。不過，他的母親做了壞事，死後在地獄受苦，目連的神通再厲害，也沒法把母親救回來。

目連在出家為僧之前，叫做羅卜，家境富裕，他的母親叫做青提夫人，為人小氣。有一次，羅卜出遠門做生意，把家財分作三份，一份給自己作做生意的本錢，一份留給母親作日常生活開支，第三份請母親做善事，救濟貧苦。可是，青提夫人不僅沒有布施做善事，遇到有和尚來化緣，她叫僕人去打發走；有乞丐來乞米飯，她放狗去咬，弄得家鄉附近天怒人怨。

羅卜回來之後，聽聞母親的行為，心裏難過，想勸母親兩句。母親大怒，便賭氣發誓說道：「我是你的母親，你居然懷疑我，反而去聽街外人的閒言閒語，你既然不信，我就發誓，若然我所言不實，死後必到地獄捱苦！」

沒多久，青提夫人真的死了，羅卜非常傷心，當時如來佛尚在人世，他便去拜如來佛為師，出家為僧，得如來佛授他「目連」這個稱號。目連專心坐禪，很快便成為如來佛的十大弟子之一，修得幾

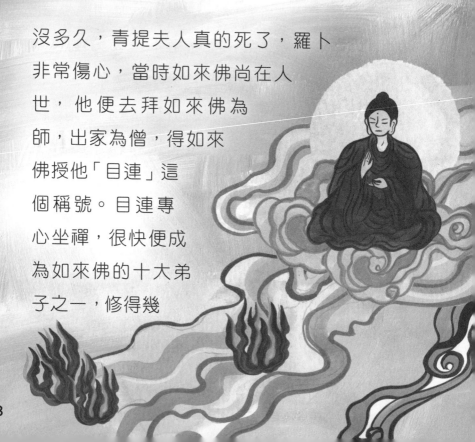

項超能力，佛祖也稱讚他神通第一。目連非常孝順，馬上就想見見死去了的父母。

目連運用超能力，來到天界，找到父親的靈魂，見到父親精神氣爽，在天界活得十分愜意，自己也覺得安慰。但就無法找到母親，父親無奈地跟他說：「你母親的品性不好，她一直恃勢凌人，屢勸不聽，我在這兒多年，也沒有見過她，恐怕已經墮入地獄了。」

目連掛念母親，便再用神通，到陰間尋找母親。來到地府，陰差知道他是佛的使者，不敢留難，直接領他去見閻王，哪知道，閻王也沒見過青提夫人，閻王說：「世間有兩種人，死後不會來到我處，第一種人，生前修十善五戒，死後自然升上天庭；第二種，是那些在生的時候，不修善業，廣造罪惡的人，死後直接去到地獄深處，領受

懲罰。只有半善半惡的，才會來我這
兒，經我判決，再入輪迴轉世。」

聽到閻王這樣說，目連更是心
急，馬上到各層地獄，仔細找
尋。有一個夜叉王受到感動，便跟他
說：「你說起這位青提夫人，我也有點印象，
她被阿鼻地獄索去了，不過，那兒盡是毒氣瀰
漫，你雖然有神通，恐怕也去不到那個地方。」

目連急忙回到如來佛祖身邊，請求佛祖幫忙。
佛祖說：「世間的罪孽，全都是自造的，無法
拯救；我可以借你十二環錫
杖，保你安全往返阿鼻地
獄。」憑藉錫杖的保護，
目連終於來到阿鼻地獄，
一連找了七個地獄陣，才找
到青提夫人，只見她身上釘了

四十九道長
釘，正在受無
邊無盡的酷刑。
目連看到這個狀況，
急得不知如何是好，抱着母親
號啕大哭，最後暈了過去！

目連醒來之後，見不到母親，急忙再去請如來
佛祖幫忙，訴說母親受罪的種種痛苦。如來佛
本就慈悲，又為目連孝心感動，於是領了天龍
八部眾，親往地獄救濟。佛祖出面說情，目連
再次得見母親，但也不能洗脫青提夫人的罪
孽，所以在六道輪迴之中，她只能由「地獄道」
進入「餓鬼道」。所謂「餓鬼道」，就是咽喉
極小，難以吞嚥，但肚腸卻極大，怎樣也吃不
飽。像青提夫人那種罪業的，即使得到美食，
放到嘴邊都會變成猛火，永遠捱飢餓之苦。

目連再用神通，在凡間布施，發願讓所有罪人都得到飽滿。當目連發願成功，帶着飯鉢來餵母親的時候，青提夫人遠遠看見，害怕其他餓鬼要來分享，大聲叫道：「這是我的兒子，專程為我從人間送飯來，你們可別打歪主意！」原來青提夫人依然擺脫不了自私的本性，所以目連雖然用盡方法，送來飯菜，但始終抵不過母親深重的業障，所以，當母親把食物送往口裏的時候，通通都變成猛火，還是吃不下去。

怎麼辦呢？如來佛祖跟目連說，要救他的母親，即使用佛祖的力量也不足夠，必須依靠大眾的力量，才可以扭轉乾坤。所以，他每年農曆七月十五日，都會用《盂蘭盆經》做法事，祭祀先人，普濟眾生，這便是「盂蘭節」的來源。有這善根，每年在這一日中，青提夫人才

能在盤中吃得一次飽飯。

又過了幾年，忽然，青提夫人又不見了，目連
再次四出尋找，如來佛對他說：「因為你做盂
蘭盆節的功德，你母親已經脫離了餓鬼道，去
到六道輪迴的另一個層次『畜生道』，現在，
她成為了王舍城的一隻黑狗。」

目連去找，果然在王舍城找到。有一隻黑狗見
到他，居然會說人語，牠說：「兒啊，你可以
再救娘親嗎？」目連無法再救母親，便安慰
母親問道：「娘親成為狗的生活，比
地獄道和餓鬼道如何？」黑狗說：
「現在雖然是一隻狗，飢餓
的時候還可以吃到東西，
口渴還能飲路邊的水，我
只願永遠聽不到地獄這
個名稱。」

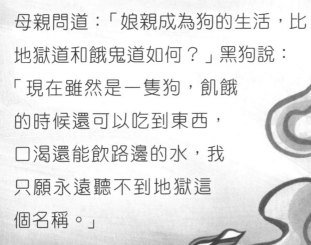

一條蜘蛛絲可以承受的重量

日本的文學鬼才，有「短篇小說王」之稱的芥川龍之介，寫過一篇作品《蜘蛛之絲》，有異曲同工的趣味。

故事中，佛陀偶然往地獄底層看去，見到一個大盜，叫做「犍陀多」，在血池之中受苦。犍陀多生前曾經做過一件好事，就是在樹林中，放生了一隻小蜘蛛。佛陀想：也可以將他救出地獄，以回報他生前的這一件善事。

於是，就有一條蜘蛛絲，由天界垂下來，落到犍陀多的面前。犍陀多生前是大盜，擅長攀爬的功夫，立刻伸手爬上蜘蛛絲。他心想，沿着這條蜘蛛絲往上攀登，必然可以脫離地獄，甚至還能達到極樂淨土。

他盡最大的努力，爬到一半，已經筋疲力盡，唯有懸掛在蜘蛛絲上稍事休息。

這時候，他回頭一看，見到蜘蛛絲的下方，有無數罪人跟在自己後頭，像一行螞蟻般攀登而上。他這一驚非同小可，這條蜘蛛絲如此纖細，支撐一個人都已經岌岌可危，怎麼承受得起這麼多人的重量？

於是，犍陀多高聲叫道：「你們這些罪人聽清楚，這條蜘蛛絲是我的，不准你們爬上來！滾下去！」就在這一剎那，蜘蛛絲忽然從他懸掛的地方斷裂了，他馬上掉回血池深淵。他不知道，蜘蛛絲原本可以承受人的重量，但卻受不住人的惡念。

日本和中國的佛教，都是源自印度，一脈相承，有不少相似的地方，大家都相信做了壞事會遭受報應，亦相信真誠的悔悟可以減輕罪孽。

自我規範的重要性

目連救母的故事，一方面展示了地獄的苦況，另一方面，也說明善與惡的黑白分明，非常嚴格，即使是佛祖出手，也不能夠改變罪人要承受的懲罰。不過，我覺得印象最深刻的地方，反而是青提夫人的表面悔過。當她由「地獄道」轉移到「餓鬼道」的時候，她知道，只要自己誠心悔過，是可以一步一步脫離苦海的，但當兒子捧着食物過來，她還是忍不住表現出本性中的自私。

無法否認，人性難免有一些缺點，很難全部糾正。有人懶惰、有人好玩樂、有人自私、有人暴戾⋯⋯大家都知道這些是缺點，但又總是提不起勁去改變。大部分的道理都很顯淺，不懶惰會有好成績，不自私會受朋友歡迎，這些是人人都知道的事，理論上，無須用地獄和餓鬼的故事來阻嚇，古代教育不普及，自然要用多一些神話因

果論，來導人向善；我們在文明社會中成長，更加應該有自我反省、律己以嚴的能力。

聽過一個笑話，一家四口吃完晚飯，父親和兒子負責洗碗，媽媽和女兒在客廳。突然，他們聽到廚房裏有打破盤子的聲音，過了一會，媽媽說：「一定是爸爸打破了碗碟。」「妳怎麼知道？」「爸爸沒有罵人。」

是的，我們往往是責人以嚴，待己以寬。故此，看到青提夫人和犍陀多的失誤，我們可能忍不住會嘲笑他們錯失了被救贖的機會。不過，我們自己也要留心，別犯同樣的錯誤。

古籍小知識

「目建連尊者」其實是印度人，在西晉時代，「大目建連」的故事由《佛說盂蘭盆經》傳入中土，有非常多的版本，後來亦改了一個中國名字——目連。明代戲曲家鄭之珍把這個故事寫成著名的戲曲《目連救母》，就更加廣為流傳。眾多版本中，以清朝出土的《敦煌變文》最為詳細。

牛郎織女

無效溝通的代價

農曆七月初七是中國民間的傳統節日「七姐誕」，又稱「七夕」或「乞巧節」，源於古時候人們記念紡織女神「七姐」而來，七姐是古代女子崇拜的對象，在七月初七晚上，古代女子會向她乞求智慧和巧藝，當然也免不了求賜美滿姻緣。後來，「七姐誕」開始與牛郎織女的愛情故事連結，並在商人的推動下，被營造成「中國情人節」。

從前，有兄弟二人，嫂子很兇，霸佔了所有的家產，只把一頭老牛分給弟弟，弟弟依靠這頭牛耕田艱難為生，村民都叫他做「牛郎」。忽然有一天，老牛開口說起話來，牠對牛郎說：「附近有個碧蓮池，有幾個女孩在洗澡，你只要偷走一件彩衣，就可以娶到老婆了。」

原來，幾個仙女下凡，在碧蓮池洗澡，一發現有凡人經過，馬上披上彩衣飛走，其中一個的彩衣被牛郎偷了，無法飛上天去，無奈留在人間，與牛郎結成了夫婦。這位仙女精通紡織手藝，利用她的天蟲織布，與牛郎共同維繫生計。

過了幾年，牛郎織女生了一對子女，生活過得十分愉快。可惜，有一天，老牛又說話了，他說：「我快要死了，我死了之後，你把我的皮剝下來，將來你發生意外的時候，自然知道怎樣用。」說完這句話老牛便倒地不起了。

沒多久，忽然風雨大作，天兵天將來了。原來，織女和幾個姐妹私下凡間，本來打算只玩一會兒，但她從此沒有再回去，故此，她在天庭的工作沒有人負責，被天帝發現了，派人來捉拿織女。織女逃不掉，只好跟隨天兵回去。牛郎想起老牛死前說的話，馬上取出牛皮，披在身上，居然就飛了起來。他也不猶豫，馬上就揹着兩個孩子，往織女被帶走的方向追了過去。

眼看快要追上織女了，這時天帝突然出現，在天上畫出一條銀河，把牛郎和織女相隔在銀河兩邊。牛郎帶着一對子女無

法見到織女，晝夜啼哭，哭得天愁地慘，天崩地裂。這時天帝心軟了，叫喜鵲前去通知天兵，讓牛郎織女每七天見一次面。哪知道，這喜鵲有口吃毛病，把七天說成了「七七天」，天兵們更是會錯意，讓他們每年七月初七，才能見一次面。

喜鵲們自知自己的傳言出了錯，害了牛郎織女每年只能見一次面，為了贖罪，每年一到這天，就搭成一條鵲橋，讓牛郎織女踩着他們的背，在銀河中間相會。

德國童話
有相似

令人誤解的標語

在《格林童話》中，收錄了一個「勇敢的小裁縫」故事。有一次，男主角小裁縫看見有幾隻蒼蠅，停留在他的麵包上，他一巴掌打過去，把其中七隻打死了。小裁縫心想：「這也是一種成就吧！」於是，他做了一條腰帶，在上面繡了「一招打死七個」的字樣，自我感覺非常良好！

沒多久，小裁縫覺得一直呆在小鎮裏，未免埋沒了自己的才華，所以，他戴着這條腰帶，決定出去外面闖一闖世界。路途中，他遇到一個巨人，巨人看到「一招打死七個」的腰帶，心想：「這傢伙豈非比我厲害？」巨人有點不服氣，決定挑戰小裁縫，來比一比力氣。

第一回合，巨人撿起一塊石頭，用力把它捏碎了，展示自己的掌力。小裁縫當然沒有這樣的力量，但他口袋裏有一塊乳酪，他拿出來用力一捏，捏出了乳汁，巨人不虞有詐，以為他把石頭擠出水來，嚇了一跳！接着，巨人把另一塊石頭扔向天空，石頭飛得很遠很遠，展示了自己的臂力。這時小裁縫把在途中救回的小鳥放了出來，輕輕把小鳥一拋，小鳥拍翼一飛，不見了蹤影。巨人以為那是石頭，只好認輸。

小裁縫贏了巨人的事漸漸傳開去了，令他多了些名氣，連國王也邀請他加入軍隊，軍中的士兵們聽到他有「一招打死七個」的能力，都不敢招惹他。恰巧這個時候，城外又來了兩個巨人到處破壞，當地居民非常害怕。於是，國王派小裁縫去對付這兩個巨人，並承諾如果小裁縫贏了，就把公主嫁給他。

以小裁縫的能力當然不敢正面挑戰巨人，他到了巨人的巢穴，靜靜觀察巨人的特性，發現他們非常容易暴躁，故此，小裁縫想了一個計策。他趁兩個巨人睡覺的時候，分別向他們扔了一塊石頭，兩個巨人頓時被嚇醒，這一嚇不得了，兩人馬上把矛頭指向對方，一口咬定是對方先攻擊自己，鬧得不可開交，最後更同歸於盡，小裁縫坐享其成，高高興興地回皇宮領功勞去了。

準確表達的重要性

看這兩個故事，我們要明白溝通的重要性，說得不明不白，引發出來的誤會，無法估計。

喜鵲的一句話，說得不清不楚，就累得人家恩愛夫妻，每年只可以見一次，的確是罪過。小裁縫呢？大家是不是會覺得，他讓人家誤會自己很有本領，不是佔了便宜嗎？幸好小裁縫生活在童話世界，他一出門就能去皇宮，和國王交朋友，以小聰明戰勝無知的巨人，娶公主為妻。但如果他生活在真實世界會怎樣？他最有可能碰到的，是如何面對法律責任。你說一招打死七個？怎樣打死的，是謀殺抑

106

或打鬥？屍體在哪兒？有沒有兇器？有沒有幫兇？單是這些問題，他就已經處理不來，哪有機會延伸到後來的劇情？

所以，話要慢慢說，清楚地表達，養成良好的溝通習慣，在成長的過程中，有非常重要的功效。

古籍小知識

牛郎織女的故事起源很早，《詩經》已經有記載。到了西漢的《淮南子》、東漢的《通俗演義》情節開始豐富。再到後來，加入了晉代《搜神記》中的「毛衣女」、晚唐敦煌殘卷《董永變文》的劇情，到了明朝的《牛郎織女傳》，便開始接近我們現在的版本。早期的故事，口吃的是鵪鶉；喜鵲是因為好心，同情牛郎才搭鵲橋的，後來才把這兩個角色合而為一。

各自有職責

財神趙公明

普路托斯

月老

丘比特

以上四位人物，各有自身的職責，
你能將他們配對起來嗎？
其中有一位的工作經常被凡人誤解，
你可以分辨出來，並解釋其中的原因嗎？

利用金箭和鉛箭，來控制愛情的燃點及熄滅。

先管理瘟疫，再保佑公平買賣。

保證財富按照客觀的標準來分配。

安排有緣人的姻緣，以紅線撮合。

III

文學創作

封神演義

爭執的源頭未必有意義

112

中國神話故事中，有幾場戰役稱得
上天翻地覆，當中最慘烈的，大概
是神魔小說《封神演義》中記載的戰爭，天神
與妖怪都來參與人間的戰事，把擁有五百多年
歷史的「商皇朝」連根拔起，建立了周武王的
「周皇朝」。

真實的歷史中，的確有這場戰爭，後人加入許
多神話故事，就成為了著名的神魔小說《封神
演義》。《封神演義》中最令人印象深刻的是哪
吒、二郎神的英雄形象；姜子牙的道術；崑崙
十二仙的出神入化。看着這些仙人與妖魔，紛
紛加入人間的戰爭，可以說是目眩神馳！但這
場仗究竟是怎樣打起來的？原來只是商朝的紂
王，隨手寫了一首詩而種下的禍患！

紂王是商朝的第三十一代皇帝，自小聰明伶

俐，力大無窮；當時沒甚麼戰亂，又有大量忠心賢臣輔助，按道理說，沒有那麼容易亡國。不過，在他即位第七年的春天，適逢天神女媧娘娘誕日，紂王帶領大臣到女媧宮焚香拜賀。當他去到女媧宮，看見女媧娘娘神像的容貌美麗動人，心中很是喜歡，當下想「如果有一個這麼漂亮的美人，讓我帶回皇宮，那就好了。」

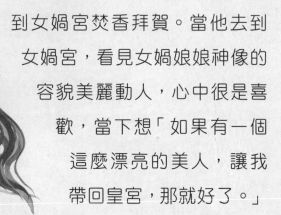

於是，紂王就把這時的心情，寫成了一首詩，題在牆上。當時，大臣們都覺得這個舉動侮辱神靈，想來勸阻。但紂王卻覺得非常得意，堅持要把詩留下來，不准旁人拿水洗去。

那天晚上，女媧娘娘回來一看，見到紂王在牆上寫的這首詩：「鳳鸞寶帳景非常，儘是泥金巧樣妝。曲曲遠山飛翠色；翩翩舞袖映霞裳。梨花帶雨爭嬌豔；芍藥籠煙騁媚妝。但得妖嬈能舉動，取回長樂侍君王。」

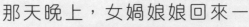

前面幾句是讚美，最後兩句說希望把這個美人娶回去侍奉皇帝，這便是直接調戲了！女媧娘娘大為震怒，馬上便召來三隻妖精，分別是千年狐狸精、九頭雉雞精、玉石琵琶精三個，然後吩咐她們：「這個紂王荒

淫無恥,你們變成美女,進入他的後宮,想辦法令他家破人亡。」

恰巧這個時候,紂王選了冀州侯的女兒蘇妲己入宮為妃,千年狐狸精便附身在妲己軀體之上,帶同另外兩隻妖精,一起迷惑紂王。初時,妲己令紂王荒廢朝政;然後,建酒池肉林,終日玩樂,花光國家的金錢;最後更教唆紂王殺掉忠臣,迫使地方勢力造反。

紂王本來就是一個平凡、好色、懶惰的皇帝,他的揮霍與殘暴,都是促成他敗國的原因。《封神演義》中寫他在女媧宮題詩,令女媧娘娘派出狐仙附身於妲己等情節,令紂王敗國的事更添戲劇效果。

金蘋果引發一場大戰

事有湊巧，在遠古的希臘神話中，也有一場同樣慘烈的大戰——特洛伊（Troy）戰爭（也稱「木馬屠城記」）。海洋女神忒提斯（Thetis）選了一個凡人英雄做夫婿，這是非常難得的凡人與女神之間的婚姻，得到諸神的祝福，幾乎所有的天神都來參加婚禮……但偏偏忘記邀請「不和女神」艾莉絲（Eris）。

艾莉絲相當不忿，不過諸神都在婚宴中，她沒有膽量搗亂，於是她藉詞送來一個金蘋果，上面雕刻了「送給最美麗的女神」。於是，問題馬上就來了，究竟誰是最美麗的女神？宴會席上有宙斯（Zeus）的妻子天后赫拉（Hera）、智慧女神雅典娜（Athena）和愛情女神阿芙蘿黛蒂（Aphrodite）三位女神，她們都擁有美貌、智慧與權力，三位都覺得自己應該得到那個金蘋果。

於是三位女神找來眾神之王宙斯來做評審。宙斯一看這道難題，心知不妙，無論選哪一個，都會「討好一個，開罪兩

個」，於是他立刻把這個難題推卸給凡間特洛伊城的王子帕里斯（Paris）。

特洛伊王子帕里斯忽然坐上了尊貴的評判席，自己還未弄清楚發生甚麼事，三個女神就分別用神祇的力量來收買他了。天后赫拉說：「如果我得到金蘋果，我可以讓你做世上最富有的王。」智慧女神雅典娜說：「如果你把金蘋果判給我，我會送給你人類最高的聰明智慧。」愛情女神阿芙蘿黛蒂說：「帕里斯，我將給你的禮物，是你可以娶到凡間最美麗的女子為妻。」

帕里斯最終選擇了愛情。於是，愛情女神阿芙蘿黛蒂高高興興地在帕里斯手中接過金蘋果，而在這一刻開始，特洛伊城也跟另外兩位女神結下深仇大恨。

凡間第一美人，其實是希臘城邦斯巴達的皇后海倫。早在海倫未成年的時候，她已經是出名的美人，希臘總共有二十七個國家的王子前來求婚，結果她選了英俊的斯巴達國王；而其他求婚者在競爭的時候，都曾經作出承諾，要保護被海倫選作丈夫的人。

當帕里斯返回特洛伊城後，以王子的身份拜訪斯巴達城，與世上最美的女子斯巴達皇后海倫相遇，兩人隨即一見鍾情，並相約私奔回到特洛伊城。當海倫被帕里斯帶走之後，斯巴達國王非常憤怒，要求當年承諾一起保護海倫的其他城邦國，一起去攻打特洛伊城，把海倫帶回來。

特洛伊城在愛琴海的彼岸，城牆是海神波賽頓的傑作，非常堅固，攻打特洛伊的聯軍戰艦不容易登陸。希臘諸神的參與，亦令到戰情變得更加複雜，這一仗，足足打了十年，死傷慘烈！

最後，聯軍建了一座大型的木馬，放在海邊，並認輸揚帆離開。特洛伊人誤信巨型木馬是敬拜女神的信物，於是把木馬拖進城，希望得到女神保佑。其實，聯軍暗中安排了最勇敢的戰士藏身在木馬腹中，當特洛伊人把木馬拖進城後，趁着深夜軍隊鬆懈下來之際，聯軍從木馬中爬出來偷襲，把特洛伊人殺個措手不及，那就是有名的「木馬屠城記」！

沒有必要的意氣之爭

《封神演義》主要環繞一場戰爭而發生，導致了大量的人命傷亡，故事之中，不單凡人丟了性命，連仙人與妖精也葬身其中。大家的確很難想像，這場鬥爭的開端，只是因為紂王開了一個沒有格調的玩笑。也許，人生許多爭執都是這樣，當吵架開始了之後，吵架的人很快就忘記了當初到底為了甚麼要吵架。如果冷靜下來，想一想，很多時都會發現，我們常常只是為了一些芝麻綠豆的事情，而生出多少風波。

《封神演義》和《木馬屠城記》中的兩場大戰，都是歷史中曾經發生過的戰爭，都是在大概三千年前的事，後人加入神話人物，令故事更加引人入勝。異曲同工的地方，就是兩場戰爭的起因，與當事人其實沒有太直接的關係，而且，都是源於一些雞毛蒜皮的理由，事情卻越鬧越大。我們可以想像，當雙方軍隊在戰場上，拋頭顱灑熱血的時候，根本不知道，自己是為了甚麼原因被捲入這場戰爭。

其實，有很多時候，人生也是一樣，經常會遇到一些意氣之爭，說穿了沒有甚麼意義，但憤怒的時候，就失去了判斷的能力。

古籍小知識

《封神演義》是明朝作家許仲琳的作品，後來經過多次改編，又以《封神傳》、《封神榜》、《商周列國全傳》、《武王伐紂外史》等流傳於世，與《西遊記》、《鏡花緣》、《聊齋誌異》並稱中國四大神魔小說，也被改編為電視劇。

孫悟空的緊箍咒

強者的制約

相信大家對《西遊記》的故事都非常熟悉，在吸收日月精華的石頭中誕生的猴子孫悟空手，執金箍棒，腳踏觔斗雲，在故事開端就大鬧天宮，所向無敵，是中國傳統故事中的超級英雄。後來，他被命令護送唐三藏到西天取經，於是，問題就在這裏，這隻野性自由的猴子精為甚麼會順從唐三藏，甚至要拜唐三藏為師？

唐三藏孤身起程前往西天取經，還未離開大唐國境，就差點給老虎吃了，幸而遇到路過的獵人，把老虎趕走。獵人護送了他一段路程，但也不能擅自離開邊境，來到「五指山」，卻聽到一把聲音在叫喊：「師父快來救我！」

原來五百年前，孫悟空大鬧天宮後，如來佛祖把他壓在「五指山」下。這時，孫悟空看到有高僧經過，於是懇求唐僧把他放出來，並答應做唐僧的徒弟，保護他到西天取經。唐僧看到山頂貼了一張金帖咒語，就把金帖輕輕撕下，沒有了禁錮咒語，孫悟空便輕易脫身了。孫悟空也信守諾言，乖乖地陪唐僧上路以報答相救之恩。

兩人起程沒多久，就遇上了六個強盜，攔途截劫，悟空二話不說，金箍棒一揮，馬上就把強盜打死。唐僧禮佛仁慈

不能殺生，怪責孫悟空心狠手辣，孫悟空聽得心煩了，便說：「你說我不配做和尚，好吧，西天我不去了，和尚也不做了，免得受你的閒氣！」一個跳躍，轉眼就消失得無影無蹤。

唐僧沒有辦法，歎了歎氣，唯有孤身上路。這時，觀音化身成為一個老太婆，來安慰唐僧。唐僧把事情的始末說了一遍，觀音便笑着說：「我猜你的徒弟還是會回來的，

我送你一件錦衣和花帽，當你的徒弟回
來時，你讓他穿戴，他以後便會聽你的
命令了。」然後，觀音又教唐僧唸一段
「緊箍咒」，告訴他有何妙用。

究竟孫悟空去了哪兒？原來，
他撇下師父之後，去了東海龍
宮解悶。沒過多久，他思前想
後，又覺得不忍心，便告別
了東海龍王，駕起觔斗雲，
回到師父那裏。唐僧見他
真的回來了，心想觀音菩
薩的確神機妙算。

孫悟空在唐僧的包袱中，發現了錦衣和
花帽，拿了出來左瞧右瞧。唐僧便說：
「這些衣帽是我小時候的，你若喜歡，

就穿上吧！」孫悟空心中歡喜，便把衣帽穿上。這時候，唐僧就開始默唸「緊箍咒」，孫悟空馬上覺得頭痛，而且，師父越唸，頭痛就越厲害，痛得在地上打滾，把錦衣花帽都扯得稀爛，原來，那花帽裏面藏的就是大名鼎鼎的「緊箍兒」。自此之後，這個「緊箍兒」就再也除不下來，每次孫悟空發脾氣不聽話的時候，唐僧就唸「緊箍咒」，悟空捱不住頭痛，只可以乖乖聽話！

孫悟空雖然神通廣大，但就偏偏有「緊箍兒」這個弱點，這個安排似乎就是要告訴我們，世界上的事總是互相制約，沒有誰是完美及獨大的。

完美之神巴爾德的缺憾

由於漫畫和電影的緣故，我們對北歐神話印象最深刻的，當然是主神奧丁（Odin）的兒子雷神（Thor），不過，在神話故事之中，奧丁的另外一個兒子巴德爾（Balder），比雷神更像男主角。在傳統神話故事中，巴德爾是代表光明的神，文武雙全，外型俊美，被喻為完美的化身，連其他神祇都仰慕他，崇拜他！

巴德爾做過一些怪夢，夢到自己死去，飽受死亡陰影，所以，他的母親神后弗麗嘉（Frigga）感到非常擔心，這個完美的兒子，應該要享受永生的嘛！不過，神后自然有解決問題的方法，她跑遍世界各地，跟世上萬物立下契約，不可傷害巴德爾。所有的事物都答應了，只是遺漏了一棵長在英靈殿旁邊的槲寄生，神后覺得它太弱小了，無法傷人，也沒放在心上。

自此之後，巴德爾更加無敵，諸神也為他感到高興，不停地舉行慶祝派對。歌舞遊戲都玩膩了，他們開始將武器往巴德爾身上扔去，果然無法傷害這位光明之神，大家就覺得更加興奮，巴德爾亦因為自己的刀槍不入而自豪。

「謊言之神」洛基（Loki）對巴德爾感到非常的嫉妒，他化身成為老婦人，去探問神后弗麗嘉，套知唯有小槲寄生沒有訂立契約。洛基取得槲寄生樹枝，交給巴德爾的弟弟，盲眼的「暗黑之神」霍德爾（Hodur），讓他混在諸神之中，把槲寄生丟向巴德爾，把巴德爾插死。

巴德爾之死，把北歐諸神的故事，引進一個悲劇的年代。

沒有人是完美的

先談孫悟空的「緊箍兒」，我看《西遊記》的時候，發現如來佛祖本來給了觀音「緊箍兒」、「禁箍兒」、「金箍兒」三件寶貝，為甚麼悟空就要被「緊箍兒」控制，兩個師弟，八戒和沙僧就不用呢？怎麼說，沙僧在流沙河就曾經吃過人，胸前還掛着九個骷髏骨。

在我看來，孫悟空武功太強，的確需要為他安排一項弱點，才可以被制約。八戒和沙僧沒那麼厲害，只要悟空聽話，就可以依靠悟空去控制他們，沒需要浪費兩件寶貝。於是，觀音就省下兩件寶物，留待日後對付更厲害的對手。

比較起來，北歐神話中，巴德爾的破綻就更加是匪夷所思。柔弱的槲寄生，加上被忽視的霍德爾，居然是致命的原因，這一點，連神后也無法預測。再一次見證了古人的想法，完美是不存在

的，不論中西，都有相似的構想，只不過，北歐神話的演繹更為血腥。

這樣看來，接近完美的人物，就自然會有一些弱點出現。孫悟空害怕緊箍咒，和超人害怕氪氣石（Kryptonite）是同一樣的道理。既然世上沒有完美的人，大家更應該了解，人有缺點是正常的事，每一個人都有，沒必要把焦點集中在別人的弱點之上。

古籍小知識

《西遊記》是明朝吳承恩的作品，是中國「四大名著」之一，在中國及世界各地廣為流傳，被翻譯成多種語言，家傳戶曉。幾百年來，《西遊記》被改編成各種地方戲曲、電影、電視劇、動畫片、漫畫等，版本繁多，連日本動漫《龍珠》，其實也是參考《西遊記》而創作出來的。故事的骨幹，取材自唐朝僧人玄奘法師，違反朝廷當時禁止百姓擅自西行的規定，偷渡出關，隻身遠赴天竺（當時的印度），學習佛教知識的歷史。當然，除了唐僧真有其人之外，悟空、八戒、沙僧等，都是創作人物。

柳毅傳書

信守承諾、不求回報

「柳毅傳書」是唐
朝很出名的神話。有一
個名叫柳毅的書生前往京城長安會考，可惜沒
有考上，失望之餘只好返回老家再作打算。回
鄉途中，柳毅遇見一個漂亮女子在山邊牧羊。

這個女子氣質高貴，但卻帶着一臉憂愁，柳毅
上前問她，是否遇到了甚麼傷心事？女子告訴
柳毅：「我是洞庭龍王的女兒，嫁給涇河龍王
的兒子，沒想到，丈夫不但不愛惜，反而處處
留難，令人忍無可忍，但我一個婦道人家，沒
辦法逃脫，不知公子能否協助？」柳毅為人熱
血，聽聞此事也替龍王的女兒不值，便答應代
她將書信傳遞給她父親龍王。

當柳毅到達了洞庭湖邊，用龍女告知的方法找
到湖邊的大樹，他在樹幹上敲了三下，果然有

一個武士踏浪而來，領他進入了龍宮，並將書信交給洞庭龍王。洞庭龍王聞訊感到心痛，但不知如何處理，他的弟弟，暴躁的錢塘龍王聽聞此事，便立刻現出龍形，飛去涇河，把這個小姪女救了回來。

龍王感激柳毅，請他在龍宮多住幾天，並設宴款待。在宴會之上，錢塘龍王滿心歡喜，想撮合柳毅和龍女。柳毅問錢塘龍王用甚麼方法把龍女救出來的？錢塘龍王哈哈大笑說：「當然是一口把龍女殘暴的丈夫吃了！」柳毅一驚，

心想：我本着仗義救人之心，本來就沒有非分之想，現在不但害死了人家丈夫，若再娶了人家的妻子，就是沒有道義啊。故此，他馬上就推辭了這椿婚事。儘管錢塘龍王氣勢逼人、龍王女兒貌美溫柔，柳毅仍然堅持初心，不為所動。

幾天之後，柳毅回到了人間，過了一些日子，娶過兩任妻子，但兩個妻子都生病死了，柳毅離開傷心地，搬到了金陵居住。有一天，一位媒人為柳毅介紹了一位寡婦，柳毅覺得我們兩人都是失去伴侶的人，應該會合適，便答應了這門婚事。

結婚之後兩人非常恩愛，不久後生了兒子，在孩子滿月酒宴上柳毅喝醉了，妻子趁

機問他是否還記得
二人未成親前的自己？
柳毅迷糊間，想起了龍女，便對妻子坦白說出當年的經歷，並將當年拒絕龍女的原因說了出來。妻子聽了之後，非常歡喜，原來她就是龍女化身，因為思念柳毅，便來到人間，用寡婦的身份嫁給他，因為如果龍女仍是一位年輕女子，恐怕柳毅不會接受她。

柳毅得知龍女的用心，非常感動，從此兩人更相親相愛，成為一對令人羨慕的神仙眷侶。年月過去了，兩夫婦的容貌卻不見衰老，幸福地生活在一起。

失信的浦島太郎

日本也有一個龍女的故事，開始的時候非常相似，但結局卻大相徑庭。

故事的男主角是個漁夫，名叫浦島太郎。有一天，他在海邊看見一羣孩子欺負一隻海龜，他心中不忍，便把孩子趕走了。過了幾天，海龜來找蒲島太郎，居然開口說話，海龜說要報恩，招待浦島太郎去參觀龍宮。

到了龍宮，海龜表明身份，現出人形，原來她是龍宮公主乙姬，熱情地款待浦島太郎以報相救之恩。對浦島太郎來說，龍宮每一件事物都是新奇的，於是就在龍宮住了三天。後來，他想起家裏的母親，便跟乙姬說，不能離家這麼久，也應該回家看看母親了。

乙姬雖然不捨，但最終還是讓他上岸回家，臨行之前，乙姬送了一個玉箱給浦島太郎，並千叮萬囑，吩咐他千萬不能把那個玉箱打開。

上岸後，浦島太郎發現人間變得非常陌生。原來，他在龍宮住了三天，但人間已經過了三百年。浦島太郎不知所措，情急之下，他忘了自己的承諾，居然打開了那個玉箱。

玉箱一開，本來年輕的浦島太郎，馬上就老去了，變成了百歲老頭。原來，這個玉箱是用來鎖住他的年歲，怪不得乙姬送他這個寶物，同時要他承諾不要把玉箱打開。
情急失信的浦島太郎就
這樣斷送了自己的
青春。

黃潮讀獎

信守承諾

「浦島太郎」是日本廣為流傳的神話之一，當中有很多解讀，其中有一個當然是信守承諾的示範。當我們同時對讀中國的傳說「柳毅傳書」時，或許會有多一點體會，就是當我們決定去做一件好事，不應該考慮這件好事會否帶來回報。

柳毅堅持自己的原則，守諾為龍女送信，他和浦島太郎最大的分別，就是他沒有把龍王的報答放在心上，他只把承諾的事情做好，做完了自己答應的事，便功成身退，心安理得。

柳毅做了好事後，不盼望得到甚麼好處，才是值得看重的元素。也許，正是因為他這種情操，令龍女更加印象深刻，分開多年後仍堅持尋回柳毅，並與他相守終生。這些動人的情節令這個故事在眾多神話傳說中，脫穎而出，流傳至今。

古籍小知識

「柳毅傳書」起源於唐代初年李朝威所著的傳奇小說《柳毅傳》，與《鶯鶯傳》齊名，並被改編成越劇、粵劇等經典戲曲，廣為傳唱。

白蛇與許仙

流言不輕信

《白蛇傳》是凡人許仙和蛇妖白素貞的愛情故事，人和妖精之間可以相戀嗎？本來，婚姻是兩個人之間的事，但偏偏就有人看不過眼，拆散了美好姻緣。

這個故事，跟大部分的才子佳人不同，男主角許仙，並不是一個上京考狀元的讀書人，而是在藥材舖打工的小伙計。這一天，他在湖邊偶遇兩位美女——美麗的白娘子和她的婢女小青，他當然不記得，小時候曾經對一條白蛇有恩，而這條白蛇練成了妖精，化成人形，就是他眼前的白娘子。

這時候，下了一場大雨，許仙把手上的雨傘借給美人。這場關鍵的大雨造就了兩人的緣份。大雨過後，白娘子找機會來歸還

雨傘，這樣一來二往，許仙和白娘子開始有了感情，沒多久，也就順利成親了。

不久後，村裏發生了瘟疫，白娘子默默運用她妖精的法力醫好了許多村民。可惜，好景不常，許仙遇上了他們夫婦倆的宿敵——法海和尚。法海看到許仙身上佈滿妖氣，告訴許仙，他的妻子是個妖精！但怎麼證明呢？法海吩咐許仙，在瑞午節的時候，讓妻子喝一杯由中藥材雄黃磨成粉混進酒中的「雄黃酒」，她便會現出妖怪的真面目。

許仙聽了法海的說話，心中半疑，但他竟然真的照做了。白娘子喝下了「雄黃酒」，果然變成了一條白蛇，許仙一看，當場就被嚇死了！白娘子醒來，發現丈夫奄奄一息，非常傷心難過，她想盡辦法要令許仙復活。於是，白娘子再次使用法力騰雲駕霧到崑崙山，偷取可以起死回生的仙草靈芝。

當白娘子為許仙灌進仙草汁後，許仙真的活過來了。不過，活過來的許仙，從此就開始害怕白娘子，終日戰戰兢兢，放不下心中的陰影。這時候，法海和尚又來了，借口要救助許仙，把他帶到金山寺藏了起來。

白娘子不見了丈夫，馬上想到是老和尚搞的鬼，便拿出武器，到金山寺找老和尚要人。

白娘子衝着法海和尚說：「我們兩夫妻好端端的，我又做好事濟世救人，你為甚麼硬要拆散我們的大好姻緣？」白娘子不但用火攻，也引發大水，水淹金山寺，希望迫法海放人。但這洪水一發不可收拾，釀成了水災，害了許多無辜者的性命！

最後，許仙被放回來了，白娘子滿心歡喜，以為可以回復舊有的生活，沒想到這次許仙仍然聽信法海和尚的話，帶了一個金鉢回來。白娘子一不留神，被金鉢的金光鎮住；同時法海出現，施法把白娘子收伏了，壓在「雷峯塔」下，不見天日。

誤信人言的可怕

希臘英雄海格力斯（Hercules）在比武場上贏得了美女黛安依拉（Deianira），兩人結婚後過了三年的幸福時光。海格力斯帶着妻子準備回家。在離開的路上，需要渡河，但河水非常急湍，怎麼辦呢？河邊有一個半人馬族聶索斯（Nessus），專門負責背着行人過河，以收取費用。海格力斯自己搬行李，僱用聶索斯送妻子過河。

黛安依拉是個大美人，所有男人都會拜倒在她的石榴裙下。半人馬聶索斯當然也無法避免。背着美人的聶索斯開始對黛安依拉有非份之想，美人嚇得大聲呼救，遠方的海格力斯一看，心中大怒：「這還得

了？」馬上向半人馬射了一箭。

海格力斯的箭染有九頭龍的毒血，奇毒無比，聶索斯一中箭眼看是活不成的了。臨死之前，聶索斯向黛安依拉說：「美人啊，你是我渡河的最後一個人客，請把我神奇的血液好好收藏，將來，要是你丈夫變心了，把我的血液塗在他的衣服上，就能挽回他對你的愛情。」

有這樣的好東西嗎？黛安依拉半信半疑，但還是把他的毒血藏了起來。過了不久，海格力斯又打了另一場勝仗，在他的俘虜

名單中，有另一位天下聞名的美人艾歐樂（Iole），高貴而憂鬱，非常有魅力。這一點，令大英雄的妻子非常不安，擔心自己的丈夫被人搶走。她想起半人馬送她的血液能夠挽回丈夫的心。於是，她把半人馬的血液，塗在一件精美的斗篷之上，然後派人把斗篷送到正在前線戰鬥的海格力斯手中。

海格力斯正在舉行盛大的祭典，慶祝他的成功，看到愛妻送來的禮物，馬上便把斗篷披到身上。沒想到半人馬的血液有劇毒，立即滲透進他的皮肉，無論他費多大的力氣，都無法把這件衣服脫下來，結果，在極度的痛苦中，他就死在祭壇上面。

不要道聽途說

有一句老話:「來說是非者,便是是非人。」我們每天都會接收到不同的信息,但這些資料有真有假,意見有的中肯有的偏頗,通通都應該經過細心分析,才決定是否可以相信。

海格力斯是人間大英雄,雖然他死後還是變成了神,但他的死實在冤枉。半人馬死前的說話,怎麼可以相信?是美人黛安依拉太愚蠢,抑或是妒忌心削弱了她的理智?無論怎樣說,也是欠缺理性分析惹出來的禍!

許仙呢?法海和尚沒有騙他,白娘子的確是一隻蛇妖。問題是,為甚麼蛇妖就一定是壞人?許仙和白娘子朝夕相對,妻子的為人,他應該清楚,沒理由憑老和尚幾句說話,就懷疑妻子!更沒理由單憑

她是妖精這回事，就要出賣她，交給老和尚處置。

說到底，當我們聽到一些消息或謠言，一方面要判斷真假，另一方面，也要分析內容的客觀性和邏輯性，千萬不要輕率地道聽途說。

古籍小知識

《白蛇傳》是十分受歡迎的故事，所以有很多版本，最早可以追溯到明朝《清平山堂話本》，當中的白蛇依然是吃人的奸角，最後被道士收伏，鎮在西湖石塔之下。到了明末的《三言二拍》，馮夢龍寫了一個「白娘子永鎮雷峯塔」故事，白娘子就成為了善良的蛇妖，法海和尚也出場了，不過，當時尚未有「雄黃酒」「盜仙草」等劇情。到了清朝，劇作家方成培為乾隆皇帝寫劇，加入了許多動作場面，就比較接近我們認識的作品了。

也許，讀者們對許仙的薄情，實在感到不滿意，所以，在嘉慶年間，玉山主人特別寫了另一個版本《新本白蛇精記雷峯塔》，話說許仙和白蛇和好如初，拒絕去幫法海收妖，而法海就對許仙說：「我也不勉強你，我這兒有個金鉢，就送給你做個紀念。」許仙不虞有詐，把金鉢帶了回家，想不到金鉢自行發動，鎮住了白娘子。

濟公的瘋癲

相貌是否重要？

南宋時代，有一個工匠名叫董士宏，要籌錢醫治母親的重病，把八歲的女兒賣到姓顧的富戶人家當婢女，希望將來儲足銀兩再把女兒贖回來。十年後，他終於儲足了五十兩銀子，滿心歡喜去贖女兒，沒想到，當年的富戶中了進士，去了別處當官，已經搬走了。他心情納悶，在飯館喝醉了，錢也丟了，這時候他覺得人生再無意義，想去樹林了結一生。

當董士宏到了樹林，卻見一個裝扮像和尚又像乞丐的人，長得甚為不堪，而且臉不洗頭不剃，身上的僧衣破破爛爛非常骯髒。這個髒和尚也準備尋死，他一時好奇，便想去問個究竟，那人說：「我是山上的和尚，師

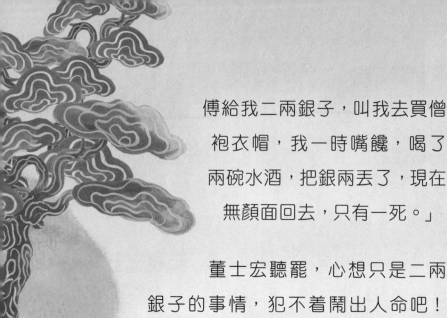

傅給我二兩銀子，叫我去買僧袍衣帽，我一時嘴饞，喝了兩碗水酒，把銀兩丟了，現在無顏面回去，只有一死。」

董士宏聽罷，心想只是二兩銀子的事情，犯不着鬧出人命吧！便在袋中掏出一些碎銀，湊合也夠二兩，便跟髒和尚說：「我也是來尋死的，袋中有二兩銀子，就送給你吧！反正我留着也沒有用。」髒和尚說：「既然你也是要死的，我看你這件外套也很精緻，你留着也是浪費，不如一併送給我吧！」董士宏心想：這個和尚也真的不近人情，得寸進尺，也罷，我便好人做到底，這身衣服便送給他好了。

他正想把外衣脫下來，那髒和尚會心一笑，

問他：「我看你衣履光鮮，一表人才，有甚麼事不能解決？為甚麼要自尋短見？」董士宏就把自己的事情說了一遍，髒和尚聽罷，拍手笑說：「我幫你把女兒找回來，你就不用死了。」這個髒和尚原來就是神通廣大的濟公，永遠不修邊幅，喜歡用瘋瘋癲癲的態度遊戲人間。

翌日，濟公來到一座大宅門口，嚷着要進去，他說：「我聽人說，這兒的老太太病重，特意來替她治病。」那看門口的人嫌他骯髒，正要把他趕走，恰巧這時候，有幾個人騎馬而來，當中一人白馬錦袍，長得五官清秀，正是當地神醫

李懷春。門口那人一見神醫來了，立刻恭恭敬敬地迎接，任由濟公站在門外。

過了半天，只見李懷春低着頭，急步走了出來，一個中年員外在大門口追着他，一手把他拉住，急着說：「無論如何，

請神醫救救家母。」這個員外，自然是大宅主人趙文會了。

李懷春說：「老太太年紀太大，不能用藥，趙員外還是另請高明吧。」濟公看見這個狀況，伸了個懶腰，說道：「老太太只是小事，我來看看就好了。」一邊說，一邊往大宅走進去。

趙員外聽說這個乞丐會醫病，姑且讓他試試。濟公來到老太太床前，看了兩眼，便對員外說：「這是心病，引發瘀痰上頸，我把這口痰叫出來就好了。」然後，他就大聲叫道：「痰呀痰，你快出來吧！老太太要堵死了！」話剛說完，只見老太太咳出一口痰來，沒多久，就好起來了。趙員外大喜，亦後悔自己早前瞧不起人家，還暗地叫人趕他走，幸好出家人沒跟自己計較。

「大師，你剛才說家母這個是心病，我想，正是心疼外孫，我姐夫出了遠門，故此，大姐帶了小兒子來暫住，不知道是何緣故，小孩子得了病，一直不見好轉，老人家擔憂久了，熬出這個病來。」濟公說：「我早就知道了，也有藥，

就是欠了藥引，需要找一個五十二歲，五月初五出生的男人；和一個十八歲，八月初五出生的少女，用二人的眼淚入藥，方可醫得好。」

哪兒找這兩個人呢？趙員外找來全屋的家丁幫傭，也沒有合適的人選。濟公說：「這個男的，也容易，你現在出門，往東走三條街，那客店中可以找到。這個女的嘛，你則要自己想辦法了。」

趙員外馬上派管家到客店問，找到那個五月初五出生的人，當然就是董士宏。董士宏隨那管家來到趙家大宅，見到濟公等人。這時，管家想起：「姑奶奶的丫環春娘正是十八歲，不知道是否合適？」姑奶奶正是趙員外的大姐，顧家富戶的媳婦，現正和生病的兒子住在西廂。趙員外一聽，便叫管家去請。

沒多久，姑奶奶到了，人還未來到房門，就聽到她說：「春娘正是八月初五出生的，是不是就可以治得好我兒？」董士宏循聲往門外看去，只見一個中年貴婦帶着一個侍婢進來，那侍婢正是自己的女兒！兩父女一見面，恍如隔世，立刻哭出淚來了。濟公哈哈大笑，伸手取出藥來，叫家丁用二人眼淚下藥，濟公笑說：「我今日一舉三得，三全其美！」

果然，小孩子服藥之後，馬上神清氣爽，病症全消。趙員外知道董士宏父女之事，馬上替春娘贖身，讓她隨父親回家。

為了美貌，失去長生

日本《古事記》記載了許多遠古神話，諸神誕生自大神「伊邪那岐」，他的左眼生出太陽神「天照大神」，這個太陽神是女性，亦被認為是最高級數的神祇，住在天界。右眼生出夜神「月讀」，這位男生就比較少出場。而從大神的鼻孔生出「須佐之男」，這個比較接近人類的神祇遊走各界，頗為反叛。

過了許多許多年，大地由須佐之男的後代「大國主」管治，一切井井有條，國泰民安。不過，天照大神另有看法，他覺得須佐之男為人不靠譜，他的後代也未必信得過，所以，就派他的孫兒來到凡間，取代大國主，成為大地的天皇，這就是有名的「天孫降臨」！

天孫來到人間，很快便遇到一位美人「木花開耶姬」，那是一見鍾情的典範，於是天孫馬上親自往木花開耶姬家提親，木花開耶姬的父親得知是天照大神的孫子，大喜過望，便說：「木花開耶姬還有一個姐姐，不

如，姐妹兩人都一起嫁給你吧！」天孫心想：妹妹如此國色天香，那姐姐自然也不差了。

新婚之夜，天孫才見到姐姐「石長比賣」的長相，居然是非常的醜陋，天孫認為自己被欺騙了，便立即將石長比賣送回娘家。石長比賣對天孫怨恨不已，她的老爸更視為奇恥大辱，於是，他對天孫派來的侍從說：「我將兩個女兒一起嫁給他，是為了成就他千秋萬代的好處。他和木花開耶姬成親，能使天孫的後代像櫻花一樣繁盛，但櫻花壽命有限。相反，天孫跟石長比賣結合的話，他們繁衍出來的後代，就可以像石頭一樣，永恆不老。如今，天孫沒有了石長比賣，他的後代就會失去永生不死的能力了！」

原來，在日本神話中，人類本來是有永生的機會，可惜，就因為天孫貪圖美麗的外表，放棄了令後人成為不死之身的可能。

人不可貌相

濟公和其他仙佛不同，他喜歡不修邊幅，以瘋瘋癲癲的形態出現，令凡人對他沒有期望，不會太過重視，甚至因他的貧窮而產生輕蔑的態度。董士宏仍然肯用僅餘的銀両來救濟他，就是出自真心；趙員外重視衣着光鮮的所謂神醫，就差點兒救不到母親的性命。

中國的濟公，揭示了凡人「先敬羅衣後敬人」的習性，先看外表，單憑第一個印象去下判斷，也是一般人的思想誤區。日本的天孫，更展示了一個真相，甚至連神也會犯上同樣的錯誤。

我們看這些故事，其實可以有兩個截然不同的啟發：第一，不要被外表迷惑，凡事用心觀察，看清楚人或物的內裏真相；第二，自己也要建立良好的形象，不要讓別人因表象而產生誤會，我們千萬不要誤以為離經叛道的外型，就代表一定沒有真材實學。

濟公還有兩句說話廣為流傳：「酒肉穿腸過，佛祖心中留。」似乎是鼓勵世人，不用理會世俗眼光。不過，濟公整首佛偈其實是有四句的，後兩句是「世人若學我，如同入魔道。」這樣看來，濟公也是叫大家不要學他的做法，因為畢竟不是每個人都有足夠的修練與道行，去擺脫世俗的看法。

古籍小知識

濟公和尚的故事，一直在民間流傳，版本非常多。清代文人郭小亭著作的《濟公全傳》，可以說是集大成之作，主要講述濟公雲遊四海，遇到種種不平之事，一路懲惡揚善、救急扶危的神怪故事。

恪守自身的紀律

以上四位人物，都需要嚴守自身紀律，
你能將他們配對起來嗎？
其中有一位因為沒有嚴守紀律而闖出禍來，
請說說是哪一位，為甚麼？

替龍女送信，但不要求有任何回報。

保存乙姬的玉箱子，但不可以打開。

遵從唐三藏的吩咐，以免受緊箍咒的煎熬。

在地府的規限中，用盡方法減輕母親的刑罰。

各自有目標

自由作答。參考答案：
西西弗斯的勞動沒有真正目標。這是因為他日復日地把石頭推上山頂，但並沒有達成任何有用的結果。

為了族人的生存，決定追趕太陽捉它下來聽命於人。

夸父

把石頭推上山頂。

西西弗斯

為了日後出行方便，帶領子孫一砂一石搬走門前的大山。

愚公

射下九個太陽，解決旱災，保障人民的生活安穩。

華羿

各自有職責

自由作答。參考答案：

財神的工作常被人誤解，以為他能賜予橫財。這是因為世人常希望不勞而獲，天降橫財，但實際上財神是希望人們腳踏實地，通過自己的努力，賺取合理的報酬。

利用金箭和鉛箭，來控制愛情的燃點及熄滅。

丘比特

先管理瘟疫，再保佑公平買賣。

財神趙公明

保證財富按照客觀的標準來分配。

普路托斯

安排有緣人的姻緣，以紅線撮合。

月老

恪守自身的紀律

自由作答。參考答案：
浦島太郎因為沒有嚴守紀律而闖出禍來。這是因為
過了三百年後，玉箱子本是用來鎖住他的年歲的，
但他不守承諾，打開了玉箱子，他立刻就變老了。

替龍女
送信，但不要
求有任何回
報。

柳毅

保存乙
姬的玉箱子，
但不可以打
開。

浦島太郎

遵從唐
三藏的吩咐，
以免受緊箍咒
的煎熬。

孫悟空

在地府
的規限中，用
盡方法減輕母親
的刑罰。

目連尊者

黃獎潮讀系列③
神話的啟示

作　　者：黃　獎
繪　　者：楊淳淳
出版總監：劉志恒
主　　編：譚麗施
美術主編：陳鎧瑩
特約編輯：莊櫻妮
出　　版：明報教育出版有限公司
　　　　　香港柴灣嘉業街 18 號明報工業中心 A 座 15 樓
　　　　　電話：(852) 2515 5600　　傳真：(852) 2595 1115
　　　　　電郵：cs@mpep.com.hk
　　　　　網址：http://www.mpep.com.hk
發　　行：香港聯合書刊物流有限公司
　　　　　香港新界大埔汀麗路 36 號中華商務印刷大廈 3 樓
印　　刷：嘉寶設計印刷有限公司
　　　　　新界葵涌葵德街 16 至 26 號金德工業大廈二字樓 15 至 17 室
初版一刷：2021 年 7 月
定　　價：港幣 78 元｜新台幣 355 元
國際書號：ISBN 978-988-8559-95-4

© 明報教育出版有限公司
版權所有，翻印必究
如未獲得本公司書面同意，不得以任何方式抄襲、節錄及翻印
本書任何部分之圖片及文字

補購方式

網上商店
- 可選擇支票付款、銀行轉帳、PayPal 或支付寶付款
- 可選擇郵遞或順豐速遞收件

電話購買
- 先以電話訂購，再以銀行轉帳或支票付款
- 訂購電話：2515 5600
- 可選擇郵遞或順豐速遞收件

mpepmall.com　　黃獎潮讀書房

讀者回饋

感謝你對明報教育出版的支持，為了讓我們能更貼近讀者的需求，
誠邀你將寶貴的意見和看法與我們分享，請到右面的網頁填寫讀
者回饋卡。完成後將有機會獲贈精美禮物。數量有限，送完即止。

https://www.mpep.com.hk/anthonywong